CB012773

GERAÇÃO 2010 O SERTÃO É O MUNDO

Editores
Marcelo Nocelli
Fred di Giacomo

Revisora
Roseli Braff

Capa, desenho gráfico e editoração eletrônica
Estúdio Risco

Dados Internacionais de Catalogação na Publicação (CIP)
Bibliotecária Juliana Farias Motta CRB7/5880

G355

Geração 2010 o sertão é o mundo / Organizada por Fred Di Giacomo. — São Paulo: Reformatório, 2021.

200 p. : 14x21cm

ISBN: 978-65-88091-28-9

1. Escritores brasileiros. 2. Literatura brasileira.3. Antologia.4. Coletânea, I. DiGiacomo, Fred. II. Título

CDD B869.8

Índices para catálogo sistemático:
Escritores brasileiros
Literatura brasileira
Antologia
Coletânea

Editora Reformatório
www.reformatorio.com.br

Sertão: é dentro da gente.
Guimarães Rosa

Sumário

O sertão é o mundo

apresentação, por FRED DI GIACOMO

Quando o cearense Mailson Furtado, nascido e criado no sertão nordestino, ganhou o Prêmio Jabuti de Livro do Ano, em 2018, com uma obra que não tinha editora e fora bancada com recursos próprios, algo explodia na literatura brasileira. Maílson, grande vencedor do mais prestigiado prêmio literário brasileiro, era um artista periférico, nascido em família pobre e sem conexões com o *establishment* da literatura nacional. No mesmo ano, o baiano Itamar Vieira Junior, descendente de negros e indígenas, faturou 100 mil euros do Prêmio Leya com seu romance *Torto Arado*, que contava a história de duas irmãs quilombolas envolvidas em conflitos agrários no interior baiano. O mesmo *Torto Arado* venceria, na sequência, a categoria romance no Prêmio Jabuti 2020 e o Prêmio Oceanos 2020.

Ainda em 2018, Raimundo Neto, autor homossexual nascido no sertão do Piauí, fora agraciado com o Prêmio Paraná de Literatura pelos contos de *Todo esse amor que inventamos para nós*, protagonizado por transexuais e outros personagens LGBTQIA+. Três anos antes, Micheliny Verunschk, nascida no sertão de Pernambuco, levara o Prêmio São Paulo de Literatura, pela barroca história *Nossa Teresa: vida e morte de uma santa suicida*. Cristalizando a tendência, Jarid Arraes, mulher negra e sertaneja, faturou, em 2019, o prêmio APCA por *Redemoinho em dia quente* e a sertaneja pernambucana Cida Pedrosa foi a grande vencedora do Prêmio Jabuti 2020.

Em comum, esses autores nordestinos, ponta de *iceberg* de um movimento literário maior que eclodiu na década de 2010, tinham o fato de virem de fora dos centros de poder do Brasil, serem parte de grupos discriminados, produzirem uma literatura épica e poética e não terem começado suas carreiras apadrinhados por grandes editoras.

Observando esse movimento – que nasce paralelo às importantes mudanças sociais acontecidas no século XXI no Brasil, ao *boom* das pequenas editoras independentes e ao fortalecimento da luta por direitos dos grupos discriminados –, passei a pesquisar a literatura que era feita fora dos centros de poder (principalmente as capitais das regiões Sul e Sudeste do país) e vinha sendo premiada, reconhecida e lida na última década. Fazia parte deste fenômeno de rompimento com a hegemonia do Sul-Sudeste a fértil produção indígena e nortista que ganhara destaque com o best-seller *Ideias para adiar o fim do mundo* (2019), de Ailton Krenak, e o clássico contemporâneo *A queda do céu: palavras de um xamã yanomami* (2015) de Davi Kopenawa e Bruce Albert.

A percepção de que uma nova cena surgia nos palcos da literatura brasileira virou uma série de artigos e entrevistas que publiquei em revistas e sites como *Cult, Correio Braziliense, Frankfurter Rundschau, UOL* e *Corriere della Sera*. Da repercussão internacional destas impressões surgiu a ideia de uma antologia de narrativas inéditas com autores e autoras nascidos e/ou criados fora dos grandes centros brasileiros e que obtiveram destaque nacional a partir de 2010.

Até esta lírica revolução, a literatura nacional da "nova república" tinha cara, gênero e classe social: era dominada por homens, brancos e ricos nascidos nos grandes centros urbanos do Sul-Sudeste.

Seu estilo muitas vezes privilegiava a autoficção e sua temática estava mais focada nos dramas internos e no fluxo psicológico do que em grandes acontecimentos ou na narrativa romanesca. A oposição binária a isso seria a "literatura periférica-marginal" dos artistas das favelas, também vindos dos grandes centros urbanos do Sudeste e, muitas vezes, produzindo prosa autobiográfica protagonizada por homens heterossexuais.

Esse fenômeno fica claro na (boa) série de antologias organizadas por Nelson Oliveira que costumavam demarcar "quem era quem" a cada geração de escritores brasileiros. Em sua primeira e influente coletânea (*Geração 90: manuscritos de computador,* 2001), Oliveira selecionou 17 contistas, sendo 16 homens (15 deles brancos) e apenas uma mulher. O mesmo percebe-se nas escolhas da revista inglesa *Granta* para compor seu *Os melhores jovens escritores brasileiros,* que reuniu 20 autores de "todo o país". Desses 20, todos eram brancos, 14 eram homens e 18 haviam nascido ou no Sul-Sudeste ou no exterior. "Todo o país", neste caso, referia-se à pequena nação localizada entre as cidades de Porto Alegre, São Paulo, Rio de Janeiro e Belo Horizonte e que vem dominando a cena cultural nacional nas últimas décadas.

Seria tecnicamente impossível selecionar os 25 melhores autores da geração 2010 sem incluir na lista um grande número de mulheres, negros, indígenas e LGBTQIA+. É possível, inclusive, afirmar que os mais competentes escritores contemporâneos não são homens brancos. Mas a intenção aqui não é cravar quem são as melhores penas brasileiras em uma alucinante Olimpíada das letras. Procuramos, isso sim, um recorte que destacasse ótimos autores vindos dos sertões, florestas e pequenas cidades. Nosso foco foram as narrativas; já que seria outra tarefa mapear os poetas líricos que floresceram na última década.

Ao mesmo tempo, buscamos uma perspectiva decolonizada nas temáticas e nos formatos. É possível contar histórias que fujam da fórmula ocidental do conto e arrisquem-se em versos, reflexões e narrativas de origem oral? Pela representatividade de suas obras e afinidade artística, incluímos aqui, então, Marcia Kambeba, Mailson Furtado e Ailton Krenak, que não são essencialmente "contistas". Krenak, líder indígena, pensador e escritor que encerra essa antologia, questiona:

Quase não existe literatura indígena publicada no Brasil. Até parece que a única língua no Brasil é o português e aquela escrita que existe é a escrita feita pelos brancos. É muito importante garantir o lugar da diversidade, e isso significa assegurar que mesmo uma pequena tribo ou uma pequena aldeia [...] tenha a mesma oportunidade de ocupar esses espaços culturais, fazendo exposição da sua arte, mostrando sua criação e pensamento, mesmo que essa arte, essa criação e esse pensamento não coincidam com a sua ideia de obra de arte contemporânea, de obra de arte acabada, diante da sua visão estética, porque senão você vai achar bonito só o que você faz ou o que você enxerga.

Destaca-se também a diferença entre a potente geração 2010 e os "regionalistas" de outrora, pois os escribas de hoje fogem do pitoresco retrato do "outro" para mergulharem na intimidade e dignidade de personagens tridimensionais, narrando um interior conectado com o universo. Ou como escreve Raimundo Neto em seu conto "Não matei minha mãe":

Esperavam da minha juventude uma antiguidade bordada em grosserias animais e tiques de quasímodo, atropelado por uma genética dita típica que, segundo eles, aqueles que contaram a minha história, dava ao meu corpo uma cabeça agigantada, ridicularias espremidas na garganta, um apodrecer divertido nas regiões estremecidas das vocalidades do meu sotaque, esse que minha língua insiste em cantar. [...]

Empolgado com a qualidade de meus contemporâneos, propus, ainda em 2019, a elaboração desta antologia ao editor Marcelo Nocelli, da Editora Reformatório, que dobrou o desafio sugerindo que, lado a lado com os "novos clássicos" de hoje, garimpássemos talentos que germinavam nos interiores do Brasil. Assim, mestres como Maria Valéria Rezende dividem o livro com os jovens Isabor Quintiere, Julie Dorrico,Victor Guilherme Feitosa, Monique Malcher e Gilvan Eleutério.

Encerro, ressaltando que a curadoria de *Geração 2010* não teria acontecido sem as indicações, pitacos e a rede de Marcelo Nocelli, Suelen Silva, Micheliny Verunschk, Maria Valeria Rezende, Laura Massunari, Karin Hueck e Julie Dorrico, aos que agradeço imensamente.

Considerações sobre sertão

Mailson Furtado

sim!, o sertão seria mar. seria terra. seria longe. seria o que não se vê. seria, seria, será, já foi. ainda mora na esquina entre o antes e o depois.

de fato, nem tudo ou nada. é. fugiria o sertão disso?

na realidade – uma brincadeira de presente: ora vazio, ora ausente, ora só a gente. o sertão (mesmo!) sempre esteve guardado no que ainda hão de achar: ora terra, ora mar, ora no que querem matar. querem. querem! vão não. vão nada.

fez-se pois sim, entender um bocado desse rascunho de mundos que nos cobram aluguel pra viver (e pensar que isso é a realidade).

e o sertão virou mar?

virou quando barcos ainda lá moravam. depois d'amanhã talvez vire um planeta, e o saberemos doutra ou noutra estrofe. mas por ora também é silêncio. e tudo – um sempre estranho.

saberia dante, o caminho do inferno? ou goethe, o seu passeio? saberia, o tal padre, que no meio do cerrado derramar-se-ia leite e mel? saberia? saberia, um frei, que uma ave sairia debaixo do chão pra inundar cidades? saberia um peregrino, do sertão? saberia? saberiam?

aquela busca incessante de futucar o mundo e descobrir o seu "fim" nunca saiu de moda. há muito sem graça. quando só água, o encontro era terra, desde que terra, então água.

não se descobriu nada, não se criou nada. tudo já era verbo em pretérito perfeito (inclusive essa oração). *nada se cria, tudo se transforma* dizia lavoisier já na quinta série e ainda por cá esse lenga-lenga. mas o que a vida senão desencontro de certezas? e aí o sertão (que pouco s'importa). tem invenção em tudo que é banda, mas sempre achei francisco de assis, o seu inventor, e pode até nem ser, mas de certeza o levou pra passear numa tarde nublada assobiando cantigas. talvez o tenha passado a conselheiro, a gonzaga, ou mesmo sussurrado a joão guimarães quando declamava martelos a passarinhos e a outros romanceiros do pajeú. e pra cada quem ou cada qual há um começo, fins de outros. e tudo tão longe, mas cá dentro. e toda a vida cabe: pedaços de ontem, e já um museu de futuro (também). e ainda falamos do sertão que não s'esquece do mar. no ceará o beija desde as terras longes do aracaty até bitupitá. é e não é. e já desde antes. hoje, se guarda em horizontes e no que hão de inventar. em voltar. e cabe tudo. até no mar que será. que já foi e nos diz no que guarda: já e jaz fóssil de mar

coleção de sempres. um verbo vadiando tempos a dispensar pronomes o afirmando em nãos:

sertão.

CARIRÉ, CE

MAILSON FURTADO é escritor, ator, diretor teatral, gestor e produtor cultural. É autor dentre outras obras de *À cidade* (vencedora do 60º Prêmio Jabuti 2018 - categoria Poesia e Livro do Ano). Fundou em 2006, a CIA teatral Criando Arte, onde realiza atividades de ator, diretor e dramaturgo, e desde 2015, produtor cultural da Casa de Arte CriAr. Hoje, Secretário de Cultura de Varjota.

A história da terra

Itamar Vieira Junior

Enquanto esperávamos na fazenda o dia do despejo, Sumido submergia em suas memórias cada vez que o tema vinha à tona. Era um homem forte, apesar de sua idade avançada; com o caminhar disposto, o trabalho no roçado até o meio-dia, ainda que seus braços já não arrancassem com o mesmo ímpeto as ervas daninhas que cresciam na terra seca.

Meu avô já nasceu no "ventre livre", foi o que primeiro escutei e não pude esquecer quando pedi para acompanhá-lo na caminhada. Eram as referências que eu gostava de ouvir, as que me levavam à origem da gente. Porque aquele passado estava inscrito no meu corpo, nas células que nasciam e morriam numa velocidade impossível de imaginar, nas doenças que carregaria em minha velhice. E por mais triste que fosse, era a história que me trouxe até aqui.

Quando eu tinha seis anos os revoltosos estiveram aqui e aconteceu uma coisa que se eu te contar você não vai acreditar, ele falou, mas antes que eu pudesse pedir que contasse mais ele já havia passado à frente para falar da seca de 1932. Foi uma fome tamanha, minha filha, que não tínhamos mais carne no corpo, éramos almas vagando de um lado a outro. Foi o tempo da fome, ele me disse, sem parar para olhar se eu sabia do que ele falava. A seca, essa tragédia épica, que vive na memória inteira de uma região, do Ceará à Bahia. Mas eu queria voltar ao começo da conversa, sim, mas o senhor me falava dos revoltosos... E ele olhou para mim com uma expressão perdida para perguntar , eu falei de revoltoso?, e antes de ouvir a minha resposta, contou o que queria contar: o que nos salvou da fome completa foi o beiju de semente de mucunã, lavado em nove águas. Por que lavado em nove águas?, eu perguntei mesmo sabendo da história por ouvi-la das mulheres de casa durante a minha infância, por muitas vezes. Porque era venenoso. Lavavam nessas águas todas para cozinhar, pilar e só depois assar como beiju, disse, terminando de enrolar o cigarro de palha.

O anúncio do despejo parecia não ter mudado nada. As pessoas estavam decididas a permanecer na terra, trabalhando como sempre haviam trabalhado. Não passava por suas cabeças a ideia de embalar as poucas coisas que tinham para a mudança. Para onde iriam? Não haveria nada pronto quando o caminhão chegasse escoltado por policiais designados a executar o despejo. Por isso, mesmo tendo deixado a fazenda há tantos anos para estudar, decidi que não retornaria para casa antes de saber para onde eles iriam, o que seria feito de suas vidas. Já não tinha pai e mãe, minhas tias estavam idosas e viviam na casa dos filhos, na cidade. Mas eu havia nascido naquele chão, aquelas pessoas eram parte de minha história. Não poderia deixá-las sozinhas. Realizava um grande esforço em meio a toda a comoção para não apagar a minha memória.

O primeiro de nós a aprender a ler foi Firmino, em 1951. Ninguém antes dele sabia ler. Andava por aqui um homem procurando abrigo, carregava uns poucos livros. Foi ele que ensinou Firmino, um rapazinho, a ler. Foi no mesmo ano em que ouvimos falar de Getúlio Vargas, Sumido me disse, parando por um momento a nossa caminhada. Eu, ainda admirada com essa teia de histórias contadas de novo por ele, o encadeamento dos fatos ano após ano, como se sua memória estivesse imune ao declínio visível de seu corpo. Me ocorreu anotar tudo em um caderno, quando voltasse à casa de Quirina que me hospedava naquela temporada que talvez fosse a derradeira. Certamente não nos encontraríamos mais, e quem sabe no futuro eu conseguisse contar a história de uma maneira nova, impedindo-a de morrer. Aquele desejo de escrever sobre a fazenda, sobre a minha infância e sobre o fim de um tempo, era movido por uma imensa revolta. Sumido fazia questão de recontar que foi assim que muitos dos trabalhadores das fazendas vizinhas haviam terminado. Chegava um novo fazendeiro e decidia que o povo de morada não poderia continuar mais naquele chão. Mandava-os embora, e não havia muita resistência porque eles sempre estavam em vantagem. Cercados de pistoleiros e decisões de juízes. Cercados de policiais subornados pelos poderosos que, então, postavam-se ao lado dos mais fortes, dos que poderiam lhes auferir vantagens no futuro. O que é a história de um trabalhador rural? A história se apaga, é um tempo que já não existe e era fácil fingir que os trabalhadores não existiam. Era só desmanchar suas casas de taipa, queimar suas roças e tudo estava acabado. Nenhuma memória resistiria ao fogo e à mudança.

E a primeira estrada foi no ano em que você nasceu, soltou uma baforada de fumo, deixando no ar um cheiro que me lembrava as rodas de homens do passado, e também o cabelo branco e longo de minha bisavó Isidora, a que minha mãe dizia que havia sido apanhada no mato "a dente de cachorro". Em 1973, completei, para que sentisse o meu interesse por tudo o que dizia. Foi a primeira estrada. Era uma estrada de barro e cascalho, mas não tinha carro, falou. Olhou nos meus olhos e eu pude ver mais de perto os seus, agora nublados pelo branco da catarata. Quando o primeiro carro, um Volkswagen, modelo Brasília, inaugurou a estrada cascalhada, orgulho desses homens que a abriram na trilha da mata, eu tinha exatos onze anos. Depois, as crianças deixaram suas casas, correram para ver a novidade, e nos dias que se seguiram já não brincavam de roça e caçada, mas que estavam conduzindo seus carros. Foi na mesma época em que passamos a ter aula com um professor na casa de dona Celeste, porque aqui nunca houve escola.

E quando a intimidade que a distância havia nos retirado se instaurou novamente pelas histórias compartilhadas, resolvi perguntar sobre o significado de seu apelido, mesmo tendo ouvido muitas explicações desde a infância. Ele some e não deixa rastro, aparece meses depois; tem pacto com os espíritos, some que ninguém consegue encontrar; é brincalhão, gosta de sair das vistas do povo quando dá na telha. Eram as explicações que tinha escutado desde muito sobre o mistério de seu apelido.

Na manhã seguinte, quando o encontrei sentado no pequeno alpendre de sua casa, ele parecia não acreditar que o despejo fosse se concretizar. E até sorriu. Ria dos revoltosos, me disse, o povo temia os revoltosos. Foi quando ele aprendeu a sumir. Não tinha o que fazer e meu avô, que era ventre livre, ele falou – esse avô que ele não dizia o nome ou que talvez sua condição de livre fosse mais importante do que seu próprio nome –, me ensinou uma reza para ficar invisível. Eu, minha mãe Damázia, a recém-nascida que dormia na rede. Os revoltosos estavam a meio metro de nossa casa, eu era menino, assim, colocava a mão a pequena altura do chão, foi quando minha mãe Damázia pediu para eu repetir o que ela dizia. Então os revoltosos arrombaram a porta, mas não conseguiram ver ninguém. Remexeram a rede e eu pensei pronto, que a menina vai cair, mas não tinha ninguém. Mesmo o cuscuz quente na mesa, recém-tirado do fogo, não estava ali, embora eu sentisse o seu cheiro. Foi então que eles nos deixaram em paz. Foram embora. E toda vez que era preciso, para não morrermos de morte matada, ficávamos invisíveis. Foi por causa dessa reza que meu avô ventre livre não foi cativo, porque os fazendeiros não respeitavam nada. Quando queriam fazer ele cativo, sumia. Assim sobrevivemos. Mas a força da reza foi tão grande que não foi só a menina, mãe Damázia, eu e o cuscuz que desaparecemos: a chuva também se foi e só voltou depois de sete anos. Foi tempo de muitos de nós morrermos de fome.

No dia seguinte, enquanto recuperava tudo o que foi dito em minhas anotações, e antes que eu pudesse perguntar-lhe qual era a reza para registrá-la nos meus escritos, para que os jovens pudessem um dia saber dessa história, não encontrei Sumido. Ninguém parecia estar abalado, mesmo que ele tivesse idade avançada, afinal, ele sempre desaparecia quando os mistérios lhe interessavam. E o povo seguia, o povo mais velho que remanescia, inabalável na sua crença de que nada aconteceria.

Que língua era aquela que a doce Damázia falava? Com quem ela havia aprendido? Quem a compreendia? Que língua era aquela que trazia os ventos do passado para tão perto? De onde vinham aquelas palavras? Que caminhos percorreram até deixar o coração que batia em ritmo tão acelerado, e a garganta seca da jovem mulher? De que força, que fé, que suavidade, que resiliência eram feitas as palavras que encadeavam algo poderoso na atmosfera que cercava aqueles corpos? De onde vinha a coragem de Damázia, que não correu, não vacilou, tremeu, sim, mas também soube dizer a reza que não foi esquecida, carregada nos corpos perdidos em navios negreiros? O que a fez acreditar que naquelas palavras mágicas estaria a segurança de sua gente? E que seu filho, Sebastião, que passaria a se chamar Sumido, a repetiria, tão pequenino, sem balbuciar? Como ela havia conseguido manter a fé no que não pôde ver, mesmo que o mundo a contrariasse a todo momento? As palavras foram repetidas na mesma ordem que haviam lhe soprado ou teriam encontrado sua própria ordem na aflição da chegada? O que carregavam as palavras ditas numa língua estranha, uma língua que era dura como a terra, pela forte Damázia? Sobre o que diziam, sobre quais deuses falavam, que energia carregavam as palavras que jamais foram escritas? O que Damázia sentiu ao ver os revoltosos sacudirem a rede com sua recém-nascida? Teria sentido vontade de gritar, haveria perdido a fé, e se perdesse a fé eles poderiam vê-la porque já não seria transparente? O que essa mulher pequena sentiu quando voltou à rede e viu que sua menininha tinha olhos arregalados e chupava a pequena boca a anunciar a fome por seu leite? Será que Damázia havia se sentado no chão com essa menininha agarrada ao seu seio? Será que a pequenina ainda sentia o coração de sua mãe massacrado de medo a bombear seu leite como se fosse arrebentar seu peito?

E o cuscuz ainda quente atiçava a fome da família. E Damázia contou ao menino que o encanto da reza era do avô ventre livre. E que todos sempre seriam livres e as palavras nasciam do centro da terra.

Que significados carregavam tais palavras para deixar alguém invisível aos olhos de outro alguém?

Essas palavras deixaram a boca do avô ventre livre para encontrar o ouvido de Damázia, para encontrar a língua de Sumido, percorrendo espíritos e tragédias, aliviando necessidades e tormentas, trazendo-os até este ponto na linha do tempo. Mais cedo ou mais tarde encontrariam a alma de outra mulher, uma mulher de letras, uma mulher que queria escrever sua história, que não era somente a sua história, mas a de todos que a antecederam. Seria essa mulher que impediria estoica na porteira, que os homens sem fé e repletos da ganância, essa velha conhecida, arrancassem a sua história da terra.

Salvador, BA

Itamar Vieira Junior nasceu em Salvador. É autor, entre outros, da coletânea de contos *A oração do carrasco* (2017), finalista do Prêmio Jabuti de Literatura. Tem contos traduzidos e publicados em francês, inglês e espanhol. Seu romance *Torto Arado* (2019) foi vencedor do Prêmio LeYa, Prêmio Jabuti - Melhor Romance e Prêmio Oceanos.

A peleja

MICHELINY VERUNSCHK

Latifúndio seu, mais que as terras, eram a honradez, o orgulho, o destemor, a palavra ouro de lei. A fazenda Moxotó, que cercara cuidadosamente com os arames farpados do respeito, ou do que ele entendia por respeito, um conjunto de normas assentadas e lacradas pelo receio. E ele, o Coronel Zé Honório, o senhor dos domínios. Coronel sem patente, é certo, mas qual a importância de uma patente quando se tem o poder, quando se tem a terra? E isso, ele tinha e detinha. Patente! Qual patente! Se tudo tem um preço e tudo se pode comprar, compraria, se assim o quisesse. Mas não queria, a palavra valia mais. Coronel Zé Honório, que do alpendre do seu forte alumiava de morte ou de vida tudo o quanto fosse de seu desejo. E de morte ou de vida tudo era: a política, as amizades, as inimizades, a educação dos filhos, o amor das mulheres, a submissão de quem se colocava sob sua proteção, enfim. Seus cabras eram talhados em sangue, a densa seiva dos que morreram por ordem sua. Sim, por ordem, porque nunca fora homem de sujar as mãos já que tinha meios para pagar ordenanças a seu mando. Homens todos feitos de sangue, seus cabras, o encouramento, o riso estreito e cuspido, as facas-peixeiras. Eram um cordel de pares de França, que de francês só conheciam mesmo o falso do perfume afetado das quengas do Buraco Quente.

Como homem avesso a sujar as mãos em gente de pouca ou muita valia, o Coronel Zé Honório só acariciava de prazer os corpos das armas de sua coleção, os colts, bacamartes, combréas, berettas, lazarinas, parabelluns, carabinas, garruchas, escopetas, arcabuzes. A arte que cada uma delas trazia impressa, o modo como se encaixavam nas mãos de um homem, como uma extensão do próprio corpo, a personalidade que engolfava a de quem quer que as empunhasse, coisas que o deixavam absorto por longos minutos, horas, talvez. Nenhuma arma virgem, garantia o Coronel. Nenhuma, entretanto, deflorada por ele, pois aqueles gatilhos de macheza não se importava em não disparar. Se tivesse necessidade bem que dispararia, mira treinada que possuía, mas ainda assim preferia manter as mão limpas e dar serviço aos seus homens, que, afinal, um exército é mesmo pago para isso. Além do mais, sentia um gozo indescritível quando via as armas coladas nos corpos de seus soldados, uma multiplicação na sua potência de macho que palavra nenhuma poderia explicar. O suor, o gemido preso na garganta, o sangue pulsando nas extremidades e uma dormência leve tomando conta da flor da pele, tudo era um gozo crescente de enfrentamento, de confronto, que ele desfrutava na carne dos seus homens.

Coronel Zé Honório não se sujava em confrontos diretos, com exceção de uma vez. No momento de sua concepção, algo aconteceu. Um gêmeo queria usurpar-lhe a vez, o Outro, que se configurou como primeiro inimigo. Aquele que seria Zé Honório, precavido e feroz, roubou-lhe, então, a roupa de carne, de ossos e humores, absorvendo do inimigo tudo o que podia, silenciando sua existência trancafiada. A mãe, inocente da luta que se passara no escuro das suas entranhas, guardou a pequena fera por imprecisos nove meses. Que bicho peçonhento era o que ele era, e picando a mãe na saída, acabou matando-a de parto, talvez para garantir que Aquele não retornasse numa nova oportunidade. De maneira que Zé Honório até seria um déspota óbvio se Pedro Berra, Aquele Outro, não se tivesse sobrevivido dentro do próprio Coronel. E pelo fio dos anos, Pedro Berra foi mantido enclausurado no Moxotó rude e trançado de cipós retorcidos da cabeça de Zé Honório. Paisagem amarela e negra que o Deserdado preenchia com cantigas e loas.

Oh, senhor dono da casa
Ramo de alecrim maior
A sua sombra nos cobre
Quer chova, quer faça sol.

Assim e assado porque sangue real da estirpe de Pedro Berra não trataria o Coronel Zé Honório senão mui respeitosamente, mesmo sabendo que se tratava de um reles ladrão e covarde impostor. E mesmo sabendo dos seus mandos e desmandos cercava o bandido de vênias. Tratava também com uma certa e refinada ironia, porque a sombra de Zé Honório significava mais peso que proteção verdadeira. E, do exílio em que vivia, Pedro Berra foi afiando a lâmina de sua espada dourada. Bordou, ele mesmo, um manto real rubro e vistoso de flor de mandacaru, ponteando-a de aljôfares, espelhos e fitas. Colheu areia brilhante do leito de todos os rios riachos: do Moxotó, do riacho das Chapadas, do Manari, das Caraibeiras, do

Pajeú, do Ipojuca, do riacho do Mel, do rio Jeremataia, do riacho do Navio, do São Francisco que era quase o mar. Areia brilhante para rosto e braços e para guarnecer a aljava, o que era de suma importância. Pedro Berra esperava e se preparava, paciente, pelo dia da peleja, que seria às claras, que de tocaias é que não era.

Zé Honório, estrategista de primeira, embora pouco experimentado no pega pra capar, logo percebeu o Intruso. Daí que fazia voltas, escapava. Levantava muros e engaiolava o Outro e se mantinha a salvo, longe Daquele que cantava com uma voz por demais solar dentro do seu próprio pensamento. O Coronel bem sabia que Pedro Berra era mesmo capaz de levantar a espada e reivindicar o seu. Aquele Outro não tinha sob suas ordens nenhum jagunço e isso fazia Dele uma onça maracajá perigosa, astuta. E assim pensando, e vendo que não podia delegar a nenhum jagunço a resolução daquele impasse, Zé Honório decidiu por adiar indefinidamente o terrificante encontro e por longo tempo não foi difícil manter a usurpação. Por longo tempo não foi difícil para o Coronel carregar as pedras e levantar cada vez mais altos os muros da prisão de Pedro Berra, pois era homem de força, vigor, disposição para o trabalho. Mas a idade foi chegando e com ela o reumatismo das atenções. E à medida que as pedras se tornavam mais pesadas, tornando o trabalho mais penoso, Pedro Berra se tornava mais e mais forte, rachando os muros pela base.

Quando o cabra Sabiá foi acusado de tresmalhar uma rês, o Coronel Zé Honório outorgou-se de juiz e trovejou a sentença: marcar as costas do infeliz a ferro em brasas, em bem aplicado castigo. Quando Sabiá, em meio aos gritos de inocência, protestou "TIRANO!" Assim mesmo, maiusculamente, todos esperaram a pólvora de morte se destilar, venenosa, da língua do Coronel. Mas ocorreu o inesperado: a palavra TIRANO entrou direto na fronte de Zé Honório causando uma tão forte enxaqueca que por dois dias ele não suportou claridade de espécie alguma. E foi essa a hora de Pedro Berra. Vendo o oponente ali de peito aberto, sem esquivamentos, Ele vestiu a indumentária, tomou as armas e partiu a seu encontro. Pedro Berra chegou no terceiro dia e o Zé Honório que encontrou não passava de um velho coberto num manto de raiva, covardia e tristeza. E o Pedro Berra que Zé Honório viu era belo, hierático e guerreiro e na testa ele possuía um sol e uma lua e dos braços corriam as águas de rios e riachos tão formosos que iguais nunca havia visto na vida, e os dentes de Pedro Berra reluziam como uma constelação de estrelas. Quando o Outro saudou Zé Honório com uma vênia fidalga, o Coronel percebeu que estava em minoria e que a dignidade maior seria devolver a quem de direito aquele castelo saqueado e, além do mais, como suportar todo o clarão das areias dos rios em seu olhar de Herdeiro? Então, Zé Honório largou por terra a lazarina que trouxera, abriu a porteira e deixou para trás Pedro Berra e o corpo que por tanto tempo defendera tão avaramente para si. E já Zé Honório não mais seria.

Ninguém nas cercanias soube do paradeiro do Coronel, nem filhos, nem comandita. Ninguém deu novas ou mandadas de onde senhor de tão vastos domínios pudesse estar. Meses depois do misterioso sumiço chegou a notícia de que na vila de São José das Águas havia um que só podia ser o Coronel Zé Honório. O filho mais velho e o filho mais moço se puseram a caminho para averiguar, entre esperançosos e desconfiados. Acharam sim, Um que era bem parecido com o pai, cara de um focinho do outro, que até irmãos podiam ser. Mas não, Aquele-Outro era mais jovem, mais forte e louco, verdadeiramente louco, para horror dos rapazes, recolhendo pedras, vagens secas e outras porcarias em um bornal sujo como se fossem verdadeiras coisas preciosas. Além do mais, seu nome era Pedro Berra.

Recife, PE

Micheliny Verunschk é autora dos romances da *Trilogia infernal* (2014-2018, Patuá) e de *Nossa Teresa – vida e morte de uma santa suicida* (Patuá, 2014), patrocinado pela Petrobras Cultural e ganhador do Prêmio São Paulo de Literatura; além de *Geografia Íntima do deserto* (Landy, 2003), finalista do Portugal Telecom 2004. Seu mais recente romance é *O som do rugido da onça* (Companhia das Letras, 2021).

Entrevista

VICTOR GUILHERME FEITOSA

Oi. Posso começar?
É para falar sobre o quê?
O que eu quiser?

Ah! Sim. É que não me lembro de muita coisa. Desde que vim parar aqui, os comprimidos que eles me dão me fazem esquecer. Vez ou outra me lembro de uma coisinha aqui e outra ali. Vou me esforçar.

Quando eu quiser começar? Tá bom.

Olha, eu gostava de brincar, né? Toda criança gosta de brincar. Joguei muita bolinha de gude, corri na rua. Certa vez até meus pais entraram na brincadeira. Um homem corria atrás da gente e então, como eu não conseguiria ganhar sozinho, meu pai fez cavalinho e, depois de conseguirmos despistá-lo, ainda brincamos de esconde--esconde. Nem preciso dizer que a gente ganhou, não é?! Éramos muito bons nisso.

Minha mãe? Não, ela não brincava muito, não. Ela gostava era de ler. Certa vez ela leu um texto lindo, lindo. Ela dizia que esse texto era o que fazia ela ter esperanças. Até hoje não entendo o porquê de ela querer ter um insetinho desses, tão frágil a esperança, não é? Até hoje acho que todas elas são, então não gosto muito.

O nome do texto? Vou buscar na cabeça, daqui a pouquinho quando eu lembrar, te digo.

Quando foi? Acho que não sei. Eu nasci em 1960, não me lembro bem a idade que eu estou contando, deve ser uns 12 anos. Com 12 anos é que os pais ensinam a brincar de correr e esconder. É, deve ser essa idade mesmo. Conte aí, 1960 + 12; acho que é uns anos aí, não me lembro direito como se conta, de contar, só sei contar história.

Não senhor, não lembrei ainda não. Mas vou lembrar, não se preocupe não que quando o remédio passar eu lembro.

Olha, meu pai acho que trabalhava em um negócio de fazer liberdade. Acho que era uma roupa, que nem camisa; eu visto camisa e ele fazia liberdade para vestir. Eu o ouvia falando que estava muito difícil no trabalho, que tinha que ter mais liberdade porque os amigos dele estavam precisando. É estranho pensar nisso. Meu pai fazia para os outros, mas acho que ele não gostava do que fazia, nunca vi ele ou minha mãe vestirem isso, a liberdade. Sei que é importante, mas isso aprendi aqui. Eu pedi uma ao senhor, aquele da agulha e dos remédios; ele sorriu e disse que se eu achasse uma, algum dia, ele também queria. Pena que meu pai foi fazê-las lá longe, mas quando ele voltar, vou pedir uma para mim e outra para o senhor, quem sabe assim ele deixa de fazer eu me esquecer das coisas.

Oi?

Não, não lembro, sei que ele foi fazer longe, acho que foi porque lá eles precisam mais. Quando lembrar te digo, mas vou falando de minha mãe.

A minha mãe trabalhava no telefone. Quando ela não estava no telefone, estava me contando história... Olha, lembrei! Lembrei. Lembrei por causa de liberdade. No texto tinha que a liberdade ia ser viva e transparente. Eu ria sempre nessa parte.

Ah, ria porque é engraçado a liberdade ser viva e transparente; imagine só você vestido de uma coisa transparente. Vestir uma dessas assim ia ser ficar pelado, aí ficaria vestido de liberdade e com a bunda aparecendo. Acho que é do Thiago de Mello, depois você procura, o nome é os estatutos do homem.

Sim, minha mãe trabalhava no telefone ligando para as pessoas.

Perguntava muitas coisas quando ligava. Do que estavam precisando, essas coisas. Acho que ela ligava muito para organizar essas brincadeiras de esconde-esconde.

Oi?

Porque ela perguntava se já tinham achado o lugar onde eles se esconderam. Não sei direito onde ela está agora, não. Acho que os homens que nos encontraram ganharam. Eles a levaram e fui me escondendo até parar aqui, depois. Mas um dia eu ainda descubro onde é que se salva e salvo minha mãe para ela se esconder de novo.

É, pensando por esse lado, então eles não ganharam não, ainda posso salvar, não é?

É. Meu pai também quando ele voltar.

Ele vai voltar. Quando acabar por lá ele volta. O lugar em que ele está é ara alguma coisa. Arajaia, aracaia...

Isso, isso! Araguaia! É lá mesmo. Deve ser bonito o lugar, meu pai está fazendo liberdade por lá.

Sei, o nome dele parece com médico, Médici. Vi ele ali naquela televisão. Acho que ele não gosta de quem faz liberdade.

Como vim parar aqui? Eles me pegaram na rua e disseram que menino não pode ficar na rua.

Menino não pode é ficar trancado.

Eu gostava de andar na rua. Ia daqui até ali bem rápido. Eu sempre voltava, a brincadeira de minha mãe uma hora tinha que acabar, mas estava demorando e eu fui procurá-la. Eles me pegaram quando estava andando pela cidade.

Não sei, deve ter uns dois anos depois do ano que eu te disse. 1960+12+2.

É. Se 12+2 é 14, então eu acho que tenho 14 anos.

Senhor, eu ouvi dizer que a gente não pode mais falar, é verdade? Se for, eu não posso mais falar, não é?

Eu sei, estou falando, mas é porque eu ouvi na televisão que tem gente que vai embora daqui porque fala. Será que eles vão me mandar ir também? Não queria não, se eu for, meu pai e minha mãe voltam e eu vou estar é longe.

Um dia eles voltam. Aí eles me buscam.

Porque se eu ficar aqui, aqui é um lugar só para procurar. É ruim, mas se eu fugir e ficar por lá por acolá, é que eles não me acham.

Eu conto um segredo para o senhor se o senhor me contar o que são essas estrelas bonitas no peito.

Bem que eu sabia, me contaram mesmo que o homem foi na lua. Então foi o senhor, né? Lá é bom?

Calma, vou contar. Mas o senhor promete que não vai contar para ninguém?

Toda vez que eles dormem, eu procuro por meus pais.

Durmo também, e quando durmo sempre acontecem coisas, mas tem um tempo para acabar e, quando acaba, estou aqui deitado de novo.

O senhor que está dizendo que é sonho.

Não é, porque quando eu acordo ta tudinho doendo, aí só choro. Não aguento mais chorar.

Besteira é o senhor ter ido na lua.

Se eu cortar a língua outra nasce depois? Aí eu não falo demais, nem para desgostar da esperança.

Ah! Então tudo bem.

Fique mais um pouquinho, me conte mais do senhor agora. O senhor indo eles vão me dar outro remédio e aí eu vou esquecer das coisas que eu queria lembrar.

Mas e se o senhor não voltar?

Então tá bom, vou ficar esperando e não vou falar muito não, viu? Para eles não me mandarem embora e o senhor me achar aqui de novo.

De nada, o senhor é bom de conversar.

Conversar é bom, senhor.

O senhor vai me dar remédio de novo e eu vou esquecer, mas eles vão voltar, minha mãe, meu pai e o senhor, aí o senhor pode me dar remédio que depois eu não tomo mais não.

Eu vou esperar, é o que sobra.

Irecê, BA

Victor Guilherme Feitosa é graduado em Letras na Universidade do Estado da Bahia (UNEB) e é autor do livro *Corpo que se experimenta em rasgos* (2021), nasceu em 1996 e vive em Irecê, Bahia.

O Brejo Santo

Mariana Basilio

Distantes são os caminhos que vão para o tempo – o sol, o solo, o som, o só. Terra-a-terra. Um espaço de fotossínteses inexatas, a lida corpórea. Assim, eu me recordo de sua sombra. De uma forma côncava, um semiárido bendito entre as lágrimas dos corpos inexistentes, que nasceriam nas brutais camadas da fazenda: da lenha que não queima com o fogo, e não se contém pela frígida vontade dos homens e das mulheres, sem sapatos devidamente costurados.

O vento ríspido agitava as sombras. Plagas esverdeadas escutavam as mesmas lamúrias que os montes escutavam, tornando o Ceará um afluente de exaltados, onde cresciam os ribeirinhos numa pequena vila de vultos, formando um só Brejo Santo – o local do nosso encontro.

Porque os trigais caminham para o lavrador e o suor é sina para a terra. Quando os cuspes saltam para o fatídico encontro do corpo com o desejo, e os náufragos adentram o medo pelos olhos, no prato longamente intocado. De nada valerá aos seres humanos, daqui e de lá, se a pura compreensão de todas as coisas, de repente, ruir em robustas escarpas pelo Rio Salgado até o Açude Atalho, entre 108 milhões de metros cúbicos de água. Um brejo se desfia incompleto, e nos encontra aqui, meu pai.

Rapidamente, todos os momentos escorrem e estão sendo revividos, quando a morte é agora fato consumado. A essência das rosas estanca o peito da brisa, que se estica na madrugada – e eu sou um relâmpago atravessando o milho e a cachaça deixados na mesa.

Nós dois nos sentávamos lado a lado, formados de aço e de sal.

Basílio Gomes da Silva amanheceu na rua de ninguém, atravessando os milênios de uma só vez, com uma trouxa suja nas costas, e uma espingarda enferrujada nos dedos da mão esquerda: ele caminhava chamuscando o bico do corvo na boca ácida. Trazia um saco de carne seca, uma tigela de arroz com pimenta, e um lenço marrom esgarçado.

– Esse chão é um milagre, que Brejim santificado!

Coronel Basílio. Assim o chamavam, transformando seu nome em sobrenome futuro minha avó me contou sobre ele logo quando caíram os meus primeiros dentes de leite. O primeiro governante da comunidade, que de dez cabeças, percebeu formarem vinte bocas, e depois segurou outros cinquenta ombros, lado ao lado, e quanto mais se dizia – Brejim Santo! – mais o povo crescia, e a nossa família também: então se formaram cem, duzentos, trezentos olhares, e logo, aquela terra toda se tornou cidade.

Recordo mais de nós dois já no fim, quando éramos pequenos e turvos, observando a carroça girando, a igreja chegando por lá. Nós, crianças esguias de dois tempos fundidos, espelho e reflexo – não mais do que a praga de um cachorro magro tomado pela cerca de Dona Malvina. Terra-a-terra. O primeiro padre, e o vigésimo sétimo velório em que estivemos juntos, no único altar possível:

– Bendizei, meu Deus, os nossos filhos e filhas do sertão do Cariri!

Um sopro seco parecia anunciar: *eles vão tarde, porque ainda é cedo demais.* E quando a noite veio, um vento forte e azulado veio, e então seguimos tomados como uma só folhagem – lembra? Caminhávamos sufocados, voltando a procurar as armas por debaixo de um sol recém-apagado, como os girinos se esgueirando, despendidos pelas mãos nos menores desvios: prematuros, nascidos cascudos – mas tão delicados. Minha mãe repetia, vez ou outra, o que os tios e as tias comentaram em meu rebentar:

– Esse daí num vai vingá!

– Num dô um mês de vivimento.

Só que naquele pequeno corpo de mármore eu permaneci, estático. Menino dos meninos desalinhados, só, em suas mãos. Possuindo dois olhos lívidos, que mais pareciam com o medo que eu tive depois do sono, na escuridão dessa vida encontrada, e hoje – finalmente – quase acabada.

Soube, mais tarde, ter sido um nascimento bonito de se ver, e que logo notaram que eu iria sobreviver, como uma eterna procissão, refletida com rosários. Nessa hora, eu os abençoei com o amor em estandartes de ouro. Mas eu era apenas um bebê, como são todos. Eles que sempre nos visitam, um após o outro, querendo dizer o que não se diz – e os meus olhos continuaram brilhando na secura fixa da lua morna, sem estremecimentos. E isso foi apenas entre nós dois.

A última parábola da minha memória hoje aporta o limite da nossa última madrugada juntos, debaixo dos meus dedos pequeninos:

Um reino dos céus.
Um homem semeando o campo.
Todos dormiam com carne no bolso do sonho.
O inimigo se aproximava da sombra de todos.
Ele semeava o joio no trigo arado.
Eu andava, descalço, arando os finos galhos.
Ele partiu, a criatura da inveja,
mas ficou no medo um bisonte,
rompendo nossa liberdade, pai.

E quando o trigo brotou, com densas espigas,
O joio reluziu ao sol, e eu comia mandioca.
Então perguntamos ao dono da terra, de onde
vinha aquele joio, o medo nos comendo as beiradas:
"O inimigo fez isso." "Retiramos a praga agora?"
"Não, se retirarmos o joio poderíamos perder o trigo".
Então ele disse aos seus encarregados da colheita:
"Deixem crescer o joio junto com o trigo,
e então juntem o joio e amarrem-no em feixes
pra ser queimado."
Nós, crianças, seguimos correndo atrás do fogo.
Era quase noite de São João.
"Depois juntem o trigo e guardem-no em meu celeiro."

O inimigo eu não sei se foi ele,
antes ou depois das brasas.

Sentindo mais o seu fino animal, você me encontrou no joio sagrado do peito dela, que se adelgaçava nua, e coberta de ternura:

– Pedro, meu filho!

Você observou bem, pai, a existência de cravos ressecados ao lado daquela vergada cama de vime, ou só reparou no corpo materno coroado com lágrimas de leite?

Eu sei que fui uma possibilidade, uma espécie de esperança, no instante de um Brejo que só aumentava sua voz, como quando eu também chorei, na terra dura que agarrei pelas mãos já escoradas, na partida da minha amada com meu próprio rebento – mortinhos, entalados pela vontade que ele vivesse. E sei que às vezes, na hora em que os espaços se dissolvem para que a gaze da noite se amplie, resta ainda sobre os ombros uma presença estranha que nos desperta. Só assim pude sobreviver sem você.

Vozes e imagens me invadem mais rapidamente. Debato o braço esquerdo, amarelando, pois nessa manhã infinita em que a lua cheia persiste, eu sou a loucura que se crava na alma, e estou mesmo ferido nesse chão, sozinho e ensanguentado. Longe do nosso Nordeste pedregoso, que me confortava no abandono em que vivi com você. Fechado em uma só cruz. Abrindo mais os olhos, eu sinto ainda como se fosse possível viver.

Uma procissão acaba de passar em nossa porta. O Sagrado Coração de Jesus cumpre o rotineiro dever de se expor em espinhas dorsais, visto no ponto mais alto pela batina do padre Alceu, roliço e calvo, ávido por obter mais dinheiro dos nossos apobrados:

– Pelas ruas, Jesus nos salva pela mão.

– Pelas águas do Brejinho, pedimos perdão!

Era verão em 1939, quando vivíamos num dezembro de magos e mantos. Eu me recordo das árvores cristãs, montadas com galhos secos e diferentes cascas de ovos pintadas de urucum. Eu tinha sete anos. Através dos galhos, eu e meu irmão Raimundo avistávamos outras crianças. Ele, o ser mais teimoso, arrastava uma lata cheia de pedras de diferentes curvaturas:

– Vem pra dentro, desgraça de menino!

Ela gritava, mais rouca do que o comum. As costas, diariamente cansadas e encurvadas, se animavam durante as refeições, quando alguns de seus meninos se juntavam, logo após a lida. A farinha entornava o pó dos detalhes de nossa Donina, ora virando bolo, ora virando lodo, como o trigo que hoje o medo ventila, dividindo esse farto tempo entre meu passado ressurgido, e o meu futuro impossível.

Na profundidade dos corpos, resta em minha morte anunciada um toque denso da beleza vista – o assombro do rumo daquele homem tão seguro – encontrado morto, tão morto quanto diziam ser a morte um pássaro plácido: reis e rainhas, cortesãos e carrascos deste imundo país que não concretiza os sonhos dos seus filhos – são eles os nossos míseros servos, pai, porque a terra há de comer o que me aprisionou nas entranhas.

Rapidamente eu soube dos tiros soltos e do ato fatal, formando a paisagem de terror daquela manhã que logo escureceu mais uma vez, renascida nos passos de um caminho indizível de um templo pálido. Sol a sol. O ser, o som, o só. Eu e você.

O corpo, quando desiste, faz da força um elo permanente das águas. Talvez seja irrefutável, mas é mais cruel do que a falta de pão. Meu corpo está mais seco e inchado, as mãos assumem o azulado tênue do Açude. Não consigo dimensionar se eu já parti. A consciência morre como a formiga, pisoteada?

A terra definha em mim, apodrecendo na bainha da lâmina. A faca na contração de um instante de remorso é fixada. Foram cinco filhos que a fome não deixou de levar, com outras dez mãos carregando o caixão – quase leve, um conjunto feito de traças. Todavia, choramos isolados, e sentimos o grito central do mundo. Ninguém, naquele dia, me disse uma só palavra.

A memória carrasca divaga com meus vermes, trucidada. Revelo o rastro do chão, e observo um grão esmagado do meu lado esquerdo. O olho o segue, e há em mim a força da desistência. Penso mais em você, pai. No seu atravessamento. Como foi morrer daquele jeito? Te deu mais medo do que sinto agora, enquanto meu peito acelera sem parar?

O tiro certeiro que te correu e comeu seus sonhos de abandonar Brejo Santo. O patrão acertando as contas, um por um, enfileirados em seu bando. Eu tinha sete anos, e um céu com arco-íris me esperava em vão. Quando soube que não tinha mais jeito, chorei mirando uma ave, o urubu plainando implacável. Côncavo eu te chamei, e gritei soluçando. *Pai!* Nem os céus me escutavam. Mais do que uma mãe, a instauração da aprovação humana de ser pai é o amor construído por fora da carne, o afeto mais difícil de se supor completo – em mim, em você.

Eles te coroaram no arenoso sol das cinco da tarde, com as moscas voando, cobrindo as beiradas do seu corpo com um saco, e fui embora para trás da cerca de Malvina, assustado. O cachorro rosnando me mordeu, as lágrimas pareciam mais amargas do que agora as sinto, reinstauradas em meu novo adeus – e estou mais próximo de você. A faca penetrou meu peito indefeso, acalmada na lisura do seu cabo branco-nuvem, fincado sobre os ombros.

Em vida, eu nada disse de infinito aos humanos.

Me perdoe se puder, pai.

Há poucos minutos não saberia com a exatidão que sei agora, que o nosso amor só seria possível se cultivado longe de Brejo Santo, longe da nossa fome, longe do suor ardente, longe da lenta procissão do Sagrado Coração de Jesus, longe das mortes costumeiras, longe da minha mãe, que nos paria sem parar, longe do rebentar da febre amarela, longe do seu assassinato.

Pai, as poucas flores brancas do seu caixão ainda movem minhas narinas para perto do mar – que você prometeu me levar um dia. Suas mãos ásperas entrelaçadas com caules debaixo da renda esgarçada não foram as mesmas que me seguraram na única vez em que o circo chegou lá em Brejim. Na entrada, quando avistamos fartos cachos de bananas pendurados, corri para buscar uma delas, e você sorriu, deixando que eu raspasse os dentes na tinta daquela falsidade de circo, que saía com gosto de tiro. O estômago repetia o ritmo dos fogos de artifício, as luzes que eu só veria novamente a quilômetros dali.

Existe uma ebriedade na luta – li em qualquer lugar em que descansei meus olhos. No primeiro instante escuro dessa percepção, adormeci e acordei em paz. Foi quando eu tinha trinta e um anos, e me lembrei de te amar novamente. Após vinte anos com um coração costurado, trancado como novelo, no rancor de ser abandonado pela morte que rasgou os fios do nosso laço. Assim eu cheguei nesse momento, pai. Só, a sós, eu e você.

Algumas horas se passaram. Imagino que eu já tenha partido. Pisoteado pela vida, com a tinta daquela banana ainda remoendo meu inocente ofício de menino. Nada após aquilo fez maior sentido do que o viver pode causar às pessoas, em nossos pés de água sugada. Pairo no ar, ludibriando a metamorfose do espaço, cortejando a morte que não evito mais. E estou completamente imóvel, meus olhos descansam, como amálgamas no solo perdido de Brejo Santo. Há, no entanto, alguma equivalência entre as veias da garganta e a friagem dos meus pés. Penso naquela rara mesa farta, posta nos finais de estação após a lida na terra cortante. As nossas sete cabeças balançam, enfim, reunidas. Tudo escurece lentamente, e sei que não te devo mais nenhuma palavra.

Pai, não colheremos outra vez o amanhã.

BAURU, SP

MARIANA BASÍLIO, nasceu em Bauru, é autora de *Nepente* (Giostri, 2015), *Sombras & Luzes* (Penalux, 2016), *Tríptico Vital* (Patuá, 2018. Prêmio ProAC), e *Mácula* (prelo, Prêmio ProAC).

Trypanosoma cruzi

KRISHNA MONTEIRO

Faço com que todos se deitem. E deitam-se o filho, a filha, o pai, a mãe. Sem saber que, ao apagar o candeeiro, recolher-se aos seus quartos, puxar lençóis sobre as cabeças, estabelecem um pacto íntimo. Já começam a se apartar da vida.

Na cozinha, a morte coloca a cabeça para fora de sua toca na parede de barro. É uma morte de sorriso furtivo, idêntico ao de outras mortes que – nesta mesma noite, em outras casas de pau a pique espalhadas por todo o país que um escritor austríaco, em 1941, sete anos antes desta noite, chamou de *País do Futuro* – saem de tocas onde dormiram todo o dia. Saem bocejando, ainda sonolentas. Esticam as pernas. Abrem as asas.

Saem, como pragas mais antigas que o homem. Despertas por uma fome que para elas é tão somente isto: fome. Caminham com cuidado sobre milhares de paredes de casas na beira de rios, ou em pastos, ou no último anel da órbita das cidades. Saem, tomam impulso. Voam até as mesas. Como a mesa da cozinha desta casa onde dormem o filho, a filha, o pai, a mãe.

É uma fome que é fome, faço com que a morte pense. Ela decola da mesa, voa, pousa no chão de terra, levanta voo outra vez, revoa e revoa a cozinha onde a mãe deixou toda a louça lavada, revoa e revoa até acostumar olhos ao escuro, sem saber que é morte, *Fome*, faço com que pense.

A morte voa até o quarto do pai, da mãe (mãe de minha mãe, duas vezes minha). Pousa na cabeceira da cama. De lá, pula até a face do pai. Eleva as asas cinza escuras. Move para baixo o pescoço. Desce em direção ao pai sua cabeça em formato de diamante, coroada com duas antenas. Lambe a pele mal barbeada, áspera, quente do rosto do pai. E por não gostar da pele, desiste dela. Dá-lhe as costas. Levanta um voo rápido.

O pai se vira na cama, sem saber que acaba de ser contemplado pela roda que foi colocada para girar e que, ao interromper seu giro, não parou no nome dele. A roda seguirá girando a favor do pai na próxima noite, e na seguinte, e outra, e em centenas de outras noites durante os anos em que ainda viverá com a mãe e o filho e a filha na casa de barro. O pai tem sorte. É um eleito. A roda já premiou o pai em 1944, na campanha da Itália, quatro anos antes da noite de hoje, quando ele perdeu dois dedos do pé esquerdo para a neve, mas conseguiu salvar as pernas. Depois quando tomou de raspão um tiro de fuzil justo no vão entre a axila esquerda e as costelas. Depois quando escapou de pisar em duas minas alemãs que transformaram em carne moída dois amigos rastejando à frente. Depois quando foi jurado de morte e escapou por um fio das brigas que estouravam entre soldados do Sul e do Nordeste, e que o Exército se encarregou de apagar dos autos: nunca aconteceram.

A silhueta alada, o voo curto, quase um salto, a morte pousa numa outra pele. *Ela tem a consistência de madeira fria*, faço com que pense. Encontra, no rosto da mãe, um ponto que parece ideal. A morte umedece com saliva anestésica o ferrão da boca. A roda gira. Gira. A morte pica a mãe, mãe de minha mãe, duas vezes minha. Suga o sangue. Chega a encher com ele mais da metade do estômago, mas vomita, *Que sangue ralo*. Levanta voo. Abandona a pele.

Guia-se agora por um novo cheiro, um calor promissor de sangue fresco, irradiado do quarto das crianças. A morte – seu corpo simétrico, as seis pernas longas e belas, o dorso cortado por raias vermelhas e pretas e belas revelado em toda sua beleza de corpo a cada vez que bate asas belas – não demora a encontrar a cama. As crianças dormem juntas, em direções opostas, pés próximos à cabeça da outra. A morte demora-se no ar, gira e gira várias voltas sobre os corpos, contempla-os de longe. Depois pousa, suavemente, na bochecha esquerda do filho.

Umedece outra vez com saliva o ferrão da boca. A roda gira. A morte pica, suga o filho com delicadeza, temerosa de acordá-lo. Nem a morte, nem o filho, nem a mãe sabem, mas o poder desta morte de asas cinza está longe de ser absoluto. É um poder que acaba, na verdade, em momentos como este, quando retira o ferrão da pele do menino, limpa com cuidado a boca com as patas dianteiras, sem saber que, a partir daqui, os grãos que inoculou no sangue vão seguir uma trajetória que não dependerá mais da intenção da morte, nem daqueles que regem a roda e seus giros, mas sim do próprio sangue: de seus caprichos e humores. Muitos anos mais tarde – quarenta anos, para sermos mais precisos – o coração do filho, forte o suficiente para bombear os grãos de morte até regiões superiores de seu corpo, fará, numa dessas ironias da força do sangue, com que os grãos se plantem no músculo cardíaco, e a maquinaria do coração do filho vai parar. Na mãe, ao contrário, seu sangue fraco, ralo, não conseguirá elevar os grãos para alturas além do estômago, onde eles, resignados, criarão raiz e fundamentos, crescerão tentáculos, chupando lentamente, lentamente, por toda uma vida, chupando tudo o que poderia haver de ânimo nesta mãe, tudo o que poderia haver de paz de espírito e até de uma possível bondade e paciência nunca realizadas, mas permitindo à mãe, apesar disso, seguir em frente – pressionando mãos no ventre, mastigando orações e maldições –, até os setenta anos.

A morte, suas asas cinza. Seu dorso vermelho, preto, belo. A morte que não faz, neste instante, digressões sobre a força do sangue. Nem sobre o destino. Ao contrário: conhece seus objetivos, simples. Só sabe que deve erguer as antenas, apalpar o ar, *Fome,* faço com que pense.

Com a ponta da antena direita, toca através do escuro ondas de um calor aveludado, nascido no corpo da filha, deitada em sentido oposto na mesma cama. A morte salta do rosto do filho até os pés da filha. Escala o pé esquerdo, mas não quer a pele de lixa deste pé, e sim a carne das bochechas, onde o sangue é sempre doce, quente. Caminha por baixo do lençol e ao longo da perna, alcança a cintura, cruza a barriga e de lá toma um desvio até a mão direita. Sobe pelo braço. Atinge o pescoço. Estica as patas dianteiras, agarra o queixo. Tateia a bochecha esquerda, sente satisfeita o cheiro da pele. Encontra uma veia ideal, próxima à superfície. Desembainha o ferrão. Coloca-o pra fora da boca. Passa nele a língua. Experimenta o corte, a ponta. A veia pulsa, sobe, se oferece. A morte encontra um alvo. Mira. A roda gira. Gira.

A filha quase acorda. Sente algo estranho no rosto, passa a mão nele, sente algo voar para longe e pousar outra vez no rosto. No outro extremo da cama, o filho tem um sono pesado: não acorda com o balanço do colchão de molas. A filha sente a carícia de seis patas pequeninas outra vez no rosto e pensa em besouros, faço com que pense. A filha pensa em besouros, vira na cama, rola no capim do descampado em frente de casa, encontra um besouro, corre atrás do irmão e dos amigos do irmão, segurando entre o dedo indicador e mínimo a couraça que se remexe, agita as pernas.

Mas o besouro escapa. Voa em direção à lamparina que a mãe já segura na porta de casa, chamando os filhos, *Já é hora da janta!*, grita. Grita outra vez. E outra. A mãe de minha mãe grita. Grita e chama os filhos para a morte. Grita e chama, sem saber. A filha caminha sem pressa atrás do besouro que deixou fugir, sabendo que terá outras chances de capturá-lo, pois os besouros, nesta hora que anoitece, não têm a mesma perspicácia de quando é dia. A filha sabe que o besouro voará em direção à lamparina de querosene que a mãe toda noite sempre deixa na porta de casa, como um farol para guiar os filhos. A filha, que caminha lenta, calma atrás do besouro sabe que, ainda hoje, irá pegá-lo. Pois o besouro, enquanto a família come, ficará preso na luz, orbitando e orbitando a lamparina, fascinado, cada vez mais cego, devotado, permanecerá preso até que a filha diga a ele, *Te peguei*! E depois de aprisioná-lo, ela permanecerá do lado de fora de casa, no escuro, perto do limite da floresta, correndo e correndo de braços abertos em torno da mesma lamparina, de sua luz. Como se quisesse, ela mesma, mergulhar naquele facho.

A filha quase acorda. Sente seis pernas pequeninas pisando seu rosto. Sente que elas, agora, caminham sobre seu nariz. Que possuem olhos que a miram. Pensa no besouro que deve com certeza ter escapado da caixa de sapatos, pensa que nunca tinha se dado conta de que o besouro tinha olhos capazes de encará-la assim, frente a frente, de igual pra igual, como os olhos desta cabeça de diamante, fundos como duas poças escuras, com luz própria, parecida com a da lamparina, porém escura, pensa, e de repente se pensa correndo num pasto muito parecido com aquele da frente de casa no limite da floresta pensa correndo e girando e girando em pensamento ao redor daqueles olhos que a encaram cada vez mais enquanto ela pensa orbitando e orbitando em torno deles fascinada e correndo cada vez mais próxima, disposta a mergulhar lá dentro.

Lá fora, o primeiro galo canta. Um cachorro late. *O País do Futuro* acorda. Na casa de paredes de barro, o pai dorme. A mãe e o filho se mexem: limpam manchas secas de sangue. Pousada no rosto da filha, a roda: corpo simétrico, seis pernas longas e belas, dorso cortado por raias vermelhas e pretas e belas revelado em toda sua beleza a cada vez que bate asas belas. A roda gira. Gira. Aguarda o instante em que o futuro se cumpre. Ou se inicia.

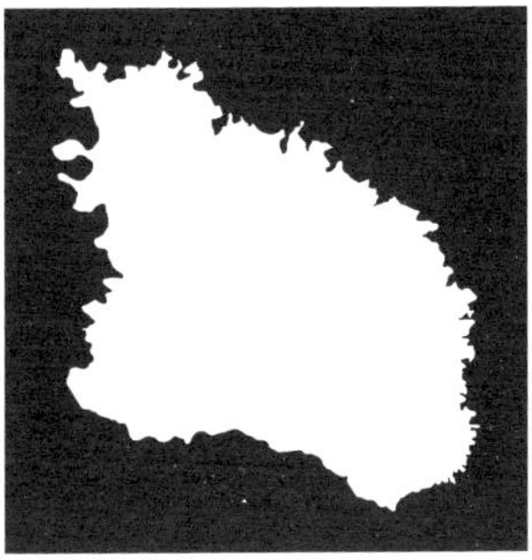

Santo Antônio da Platina, PR

Krishna Monteiro nasceu em 1973, no interior do Paraná. É diplomata e autor do livro de contos *O que não existe mais*, finalista do Prêmio Jabuti e publicado na França em 2020, e do romance *O mal de Lázaro*, ambos publicados pela editora Tordesilhas.

Machado e sândalo

SANTANA FILHO

Elas entraram no quarto e fecharam a porta, duas voltas na chave, e a sombra do final de tarde envolveu o corredor, engolindo-nos aos dois. Fui o primeiro a me mexer, desmanchando com os dedos da mão a teia de fios a nos enovelar, na tentativa de retornar ao que somos quando não testemunhamos as duas nas peregrinações pela casa e os embates no terreiro, onde juntas plantaram a horta e ergueram o galinheiro, represaram o riacho com toras de madeira e as pedras, acompanhando, sentadas na namoradeira pintada de amarelo, as passadas grossas de Ava e Violeta, as vacas para o leite dos doces, do queijo e os cafés da manhã.

Quando não se estava atravessado pela cumplicidade do silêncio entre elas – as mãos enlaçadas – não passávamos de dois meninos criados na mesma terra por essas duas mulheres: viúva, a mãe dele; ausente de marido, a minha; meu pai, caixeiro-viajante, sempre de passagem pela casa, estrangeiro de nós e do que nos tornamos em sua ausência.

Mas era no esgarçado de tempo em que nos distraíamos das mulheres e dos cerimoniais entre elas, que vivíamos a vida de meninos, às voltas com estilingue e passarinho, galhos de árvores os mais altos, bolas de gude deslizando para os buracos cavoucados na terra com o calcanhar, cavalos em pelo e os banhos no igarapé. Escorriam rápidas as manhãs e arrastadas as tardes, já que a elas se juntavam os fins de tarde, e este momento, bem na hora em que toca o sino da igreja e zurram jumentos na quinta, fazia flutuar o dia, mantendo-o dentro de parênteses feitos à mão, etéreo, suspenso, na pasmaceira da saudade que nem eu nem ele sabíamos de onde vinha, não havia registro de melancolias, os passos ainda poucos atrás de nós. Porém, ele, cúmplice do oco instalado no mundo, juntava-se a mim. Permanecíamos estacados no terreiro, os dois, esperando que a tarde fechasse portas e janelas, alinhasse as sandálias embaixo da cama onde ela adormece, conferisse a ausência de brasas no fogão, para enfim abrirmos as cortinas revelando a noite, recebida de braços abertos no quintal, e aleluias.

Se não íamos ao riacho, nos banhávamos nus em cima da pedra ao lado do poço, a pedra esverdeada do limo, o poço de onde a mãe dele tirava a água no balde, fazendo ecoar o atrito do alumínio contra as paredes na descida, retornando compacto para ser despejado na cabeça de cada um, primeiro a dele, na noite seguinte a minha, evitando que qualquer privilégio nos diferenciasse, estávamos isolados do mundo, sim, mas protegidos das cercanias da casa, em torno da qual, as duas, a quatro mãos, ergueram a muralha com traços de giz.

Depois do banho, deitávamos os quatro sobre lençóis estendidos no terreiro, submetidos a uma tela de cinema gigante e sideral, eu, ao lado da minha mãe, ele ao lado da dele, e apenas uma vez ou outra atávamos as mãos, porque ali se exercitava a existência individual, cada um à volta com as estrelas de sua produção e os objetos da noite. Acontecia de comunicarmos um ao outro o que se acompanhava no céu ou nos galhos das árvores, a plumagem esvoaçante rabiscando fantasmas de pano na cerca de arame ou no varal, até acontecia de comunicar, mas esse olho não encontrava cumplicidade no olho ao lado, estávamos organismos naquele sarau, desinteressados de sair de nós e nos ocupar de um olhar distinto: não havia como partilhar a alma diferenciando os objetos, as sensações, e sabíamos.

A madorra da hora lilás despencou sobre nós, as mulheres em ofícios no quarto de porta e janelas trancadas, ao largo do dia e os seus movimentos do lado de cá. No corredor, eu e ele, e o machado encostado na parede, o machado de quebrar coco para os azeites no quintal, as duas sentadas no chão uma de frente para a outra em losango de pernas. Revi a boca de sua mãe no peito untuoso da minha, sugando o leite que eu sugara ontem quase, os beiços de fome, a língua de gula, como vira de dentro do mosquiteiro de filó transparente, na noite da tempestade responsável por ensopar o meu pai do lado de fora da casa, porque não abrimos a porta para ele aportando quando a casa já se aninhara para dormir.

Pois é justo agora que ele retorna, o papai, e permanecemos no corredor, imóveis, os olhos repletos das palavras que nunca despencam de nossas bocas, mas estão ali, exército de armas depostas a postos nas cartucheiras, as palavras ávidas em se tornar tônicas. O pai, porém, fala, não tem segredos para guardar, ele começa a bater palma do lado de fora e assovia o canto alto, daquele jeito passarinho quando chega, erguendo a nossa vida horizontal, rebentando da terra esses dois girassóis. Olhamos um para o outro, na expectativa de que elas escutem a barulheira que ele faz, e se ericem. Do quarto, porém, apenas zumbidos de meninas entregues às cócegas, risadinhas, permitindo que nossos olhos alcancem o machado encostado na parede.

Elas se amam, essas duas mulheres que, na nossa idade, ainda deveríamos chamar de nossas, mas são delas, uma da outra, a outra da uma, a despeito dos cuidados dispensados a nós, a casa, ao pasto e a tudo o que nos forma e nos mantém a salvo dos olhos da rua e dos outros quintais. Acontece que o amor extraordinário devasta quem o testemunha, mesmo se reconhecida a lógica dos dias, a mesa posta, as toalhas dignas no sabão da limpeza, e os olhares mansos se cruzando pela casa, entretanto, lógica e raciocínio nem sempre atingem pelos e pele, e são os pelos, a pele, quem credencia os raciocínios e os legitima. Na ausência dessa confirmação, seguimos assombrados pelo amor.

Na gaveta da mesinha de cabeceira, do lado em que dorme a minha mãe, permanece guardada a pulseira com a ametista trazida pelo pai de outra viagem, vestida apenas para a missa dos domingos e o arraial, uma vez que não se quebra coco para os azeites portando pedras no pulso ou no tornozelo. Porém, às missas do domingo nós não vamos mais desde que o padre repetiu nas homilias que a cada Eva corresponde um Adão – procurando-nos com os olhos –, e, qualquer coisa fora desse ajuste, desenfreia o paraíso.

Agora, ele bate na porta com o nó dos dedos, o papai, não lhe vale a chave, elas instalaram a trave de madeira pelo lado de dentro. Novamente nos procuramos, sem ainda nos mexer, indagando a quem devemos acudir, se a ele que deseja pernoitar na casa, arriar os cestos, ocupar-se da mulher, beijar o filho, apertar o nariz da cunhada e beliscar a barriga do sobrinho, ou a elas que, a portas trancadas, alimentam uma à outra, alimentam-se uma da outra, alheias a qualquer ambiente de escassez. Ou será que a nós é que devemos acudir, nesse milésimo de segundo em que somos a lei?

É quando decidimos pelo machado nos espiando da parede, caminhamos até ele e o seguramos juntos, pelo cabo, na lâmina ainda restos de capim e lâminas de coco, gomos de barro, bosta das vacas, dando-nos a compreender o que éramos, somos, o que se faz necessário defender. Dirigimo-nos à porta e à algazarra que o pai fazia do lado de lá. Retiramos a trave, abrimos a porta para ele, testemunhamos o sorriso na cara do menino que envelheceu, e antes de receber o beijo de misericórdia, as pedras de fantasia e os dois carrinhos, tudo ali a seus pés, exibimos o machado em nossas mãos, ambos graves, asseados, retos os dois, eu e o primo. E o fazemos exato em oferenda, em sacralidade, para que ele, mais do que testemunhar o trabalho feito, o quintal carpido, o azeite vertido dos cocos, possa – o pai também – se perfumar do sândalo que impregnou o machado.

BALSAS, MA

JOSÉ SANTANA FILHO nasceu em Balsas, Maranhão, e mora em São Paulo desde 1982, quando se formou em Medicina. Psiquiatra e psicoterapeuta, autor de *O rio que corre estrelas*, O *beijinho e outros crimes delicados*, A *casa das marionetes* (finalista do Prêmio São Paulo de Literatura, 2016), *Flor de algodão* (semifinalista do Prêmio Oceanos, 2019) e *Antônia* (2020).

Pedra morre pedra, sem nunca virar feijão

Maria Fernanda Elias Maglio

Um grilo pula verde, Jamile se assusta, pensa, grilo bobo, depois se arrepende, porque a avó sempre diz que é bicho da natureza, tudo criação. Queria pedir desculpas para o grilo que não é bobo, só bicho-da-natureza-criação, agora já pulou verde para longe. Talvez não fosse grilo, e sim louva-a-deus, não sabe a diferença, mas deve ser ofensa maior, chamar de bobo inseto que carrega deus no nome.

A barriga está deitada na terra, é bom o morno do chão amparado na pele, esconde o rosto no oco dos braços e fecha os olhos, ainda assim a claridade, o sol alaranjado vivendo dentro dela. Gosta de fechar os olhos durante o dia porque não tem escuro, só o amarelo nas pálpebras.

Abre os olhos e vê a fila das formigas sanguíneas, umas carregam folhas roídas, outras não levam nada, formiga é bicho da natureza que só anda com pressa, como se a avó-formiga estivesse no hospital. Não sabe se tem hospital de bicho ou se animal morre sem socorro: formiga, grilo, louva-a-deus, macaco-prego. A avó é gente e gente não morre sem socorro, por isso naquele dia a Lina correu com a camionete até o hospital. Jamile no banco de trás, a avó na frente dizendo, ai-meu-deus, a cada buraco e quando passaram no mata-burro disse, ai-meu-deus-nossa-senhora-perpétuo-socorro. O hospital branco, o médico de olhos brancos e uma voz muito branca dizendo: é coração. A Lina chorando e Jamile não chorou, porque o médico disse, é coração, mas coração todo mundo tem. Depois o médico falou para a Lina, ufa, sua mãe escapou por pouco. A Lina parou de chorar, mas continuava molhada e triste, porque chorou por muitas horas até o médico voltar e dizer, ufa.

Uma formiga sai da fila carregando uma perna de besouro, as outras danam com a fujona, uma delas solta a folha recortada para chamar de volta a que saiu. Não tem jeito, foi embora para sempre com a perna morta enganchada nas costas. A fila se desfaz, elas andam em roda, esbarrando umas nas outras e devem falar, ai-meu-deus, muitas vezes na língua de formiga e não tem ufa, a avó delas morta para sempre e quem cuida, hein, quem cuida? A Lina que não é, porque já falou para avó: eu que não cuido da menina quando a senhora não estiver mais aqui. E quase que a avó não está mais aqui, mas médico disse ufa. A avó voltou para o sítio, faz frango refogado, mas não tem força de matar galinha, só a Lina destronca o pescoço e passa a faca, o sangue violeta escorrendo na bacia. Jamile perguntou para a Lina: por que galinha quando morre passa a chamar frango, mas a Lina nunca explica nada, só diz, ara, menina. Queria chamar a Lina de tia, ela não deixa, ainda que seja tia, irmã da mãe que morreu e não foi do coração. Jamile não se lembra de como era o cheiro da mãe e queria se lembrar. A avó cheira à madeira de guarda-roupa e figo maduro. Não sabe o cheiro da Lina, nunca respirou fundo perto do pescoço dela, mas desconfia que deve cheirar à pena de frango e sabão de soda, todo dia escaldando galinha e mexendo sabão no tacho. A Lina vende sabão e frango na feira em dia de sábado. Antes da camionete correr muito para chegar no hospital e o médico dizer, é coração, a avó fazia doce para vender na feira: mamão verde com cal, pêssego, compota de figo. Agora não faz mais, porque vive cansada, toda hora com a mão no coração. Se a avó fosse vegetal, mandioca, raiz, não tinha coração e não morria nunca, cuidava para sempre.

Não tem mais formiga na trilha e algumas deixaram pedaços de grama. Jamile se levanta, limpa a barriga dos farelos dos pedregulhos, puxa a camiseta para baixo, a avó diz que não pode mostrar barriga por aí e ela só mostra para a terra quente, quando deita de bruços. A Lina falou que a mãe de Jamile mostrava a barriga por aí, por isso morreu. Queria perguntar para a Lina se ela teria montado na camionete e corrido muito para salvar a mãe que morria de barriga de fora.

Escuta a avó chamando: Jamile, Jamile. Ela corre, tem medo de a avó estar com a mão no coração dizendo, ai, meu-deus-nossa-senhora-perpétuo-socorro, porque a Lina foi na cidade vender sabão e galinha morta que agora é frango. Chega no terreiro em três minutos, a franja marrom colada na testa, a avó quer ajuda para tirar pedra do feijão. Jamile senta no tamborete, vai enfileirando as pedrinhas que se fingem de feijão na tentativa de amolecer na água fervente. Pergunta para a avó: vó, se nasce pedra, dá pra virar feijão? A avó não sabe, diz que acha que não, mas quem é que sabe das coisas de deus? Jamile pensa que feijão quando morre talvez vire pedra e pedra vire macaco, carcaça de besouro vire formiga, lagartixa se transforma em marimbondo-cavalo. A avó enfia lenha no buraco do fogão, a madeira queimando faz barulho de chuva batendo em telhado de alumínio. Vó, por que o Bastião desmanchou o telhado do silo? A avó explica que deu cupim e que agora não tem precisão de silo, nada para guardar, nem soja, nem arroz, café em coco. Pergunta para a avó se o Bastião pode arrumar o silo de casinha de boneca, vou ver, Jamile, vou ver. Pensa em casinha de boneca e lembra de uma coisa, pula do tamborete, quase cai, a avó grita, vai aonde, mas ela já foi, abandonou o feijão igual a formiga fujona. Os pés descalçados patinam o chão de cera vermelha, passa o quarto da avó, o da Lina sempre fechado. Entra no terceiro quarto, a colcha de macramê cor-de-rosa, as bonecas estão enfileiradas na prateleira, uma com cara de louça, duas de pano e a boneca de milho, que ela batizou de dona Dolores e é por isso que pulou do tamborete e correu até o quarto. A boca de dona Dolores é uma meia lua de barriga para cima, desenhada de caneta bic, os olhos um par de bolinhas, três riscos em cada, fazendo de cílios. O corpo de espiga ainda não apodreceu, não tem lagarta de milho e nem cheiro estragado, mas os cabelos cor-de-rosa-vermelho já escurecem de marrom. A Lina diz que dá bicho, fazer boneca de milho: ara, menina, depois a casa fica uma catinga. Ainda assim fez e a Lina não vai saber, porque nunca entra no quarto de Jamile. Da última vez em que entrou foi para desmontar a cama que era da mãe da menina. Não desmanchou com chave de fenda, desenrolando os parafusos, dava golpes de martelo e a cada batida dizia: puta. A mãe já não dormia no sítio há muitos meses, decerto na cidade mostrando a barriga. De vez em quando vinha, trazia presentes para Jamile, a boneca com cara de louça, um colarzinho de pingente de sol, um caderno de capa de cachorro. Beijava a filha e dizia, como você cresceu. Jamile afogada no abraço da mãe que chegava e ia embora feito chuva forte. A Lina pregueava a testa e falava, você tem que voltar pra cuidar da menina e a mãe prometia, eu volto, quando acabar eu volto. Mas o que ia acabar, não acabou mais e o Bastião chegou na moto vermelha com a cara grave de quem vai dar notícia de desastre, contou para a avó e para Lina alguma coisa que Jamile não ouviu. Falaram, vai pra lá, os três ao mesmo tempo, até mesmo o Bastião, que é sempre gentil, traz da cidade pirulito de mergulhar no açúcar. Ela foi para lá, mas um lá bem perto, por isso ouviu quando a Lina gritou, desgraçada, piranha, como teve coragem de morrer? E se é preciso coragem para morrer, a avó deve ser covarde, porque voltou para o sítio e ainda que não degole mais galinha que vira frango, está viva.

Coloca a dona Dolores de volta na prateleira, não sabe quanto vai durar, um dia morre igual a mãe, a barriga de milho à mostra, nenhuma roupinha para cobrir as vergonhas. Volta para a cozinha e a avó já terminou de tirar as pedras do feijão, botou a panela no fogo, diz que vai deitar, um cansaço nas pernas. Jamile senta no tamborete, apoia o rosto na mão direita e diz, ufa. Gosta de dizer ufa muitas vezes, bem baixinho, ufa que está viva, ufa que tem coração, ufa que só mostra a barriga para a terra, ufa que não é beterraba, nem formiga, que não é frango e nem galinha viva, botando ovo pelo cu. Um dia perguntou, vó, por que galinha dá cria no cu, e a avó danou severa, onde já se viu menina falar palavra dessas?

Escuta um som de motor e deve ser a Lina, porque o Bastião chega de moto e o barulho é outro. A Lina pergunta, cadê a avó, menina? Jamile responde, deitou. A tia deixa as compras em cima da mesa e vai para o quarto ver a avó. Jamile se ajoelha para examinar o conteúdo do saco, vê bolacha de sal, dois pacotes de açúcar, farinha de trigo, papel higiênico, se ela cagasse ovo que nem galinha, não precisava de limpar. Jamile sente os intestinos pesados, desce do tamborete com cuidado para não cair, se ela se machuca, a tia vai dizer, ara menina e tem medo de que um dia a Lina diga: desgraçada-piranha. O azulejo do banheiro é marrom sem desenho nenhum e Jamile queria que fosse azul, de repente cor-de-rosa, alaranjado com ramagem verde, queria que a Lina deixasse chamar de tia e que cuidasse dela quando a avó morresse com a mão no coração. Desce os shorts até a altura dos joelhos, senta na privada e faz força, levanta e olha o cocô, gosta de ver a forma que tem, um carneirinho, um sorvete. Além do cocô boiando marrom, tem uma cobra cor-de-rosa. Puxa o rolo de papel higiênico e se limpa, olha o papel sujo, joga no lixo com a parte branca virada para cima (a Lina não gosta de abrir lixo e ver papel de bosta). Sobe a roupa e vai até o quarto da avó, precisa contar que botou lombriga, por isso não dá descarga, a avó vai querer ver, dependendo do tipo é caso de beber leite com hortelã ou chá de alho e mel.

A porta do quarto está encostada, escuta o choro baixo da Lina. Empurra a porta e a avó está muito morta. A Lina diz, vai chamar o Bastião, menina, no depois do rio. A voz da Lina não tem pressa nenhuma, só uma tristeza velha. Queria cheirar os cabelos de nuvem da avó para nunca esquecer da madeira de guarda-roupa misturada com figo. E agora quem cuida, hein, quem é que cuida? Quem vai olhar a cor da lombriga boiando na privada, quem lava roupa, dá comida, quem é que faz pão de ló com doce de leite quando ela fizer sete anos, a avó morta sem tempo de camionete e médico dizendo ufa. Vai, menina, tá esperando o quê, chama o Bastião e avisa.

Jamile corre o meio do milharal, tem um monte de dona Dolores nos pés de milho, mas na natureza não tem boca de caneta e nem cílios. Pensa que milho vira boneca e formiga vira pata de besouro, pedra vira feijão e de repente a avó-morta converte-se em avó-viva. Queria dizer para o Bastião, acode, mas não tem o que acudir. Será que o Bastião chora? Não sabe se é parente, uma vez perguntou para a avó: vó, o Bastião é meu tio e a avó respondeu, praticamente. Jamile tem dúvidas se praticamente significa muito ou quase, então desconhece se o Bastião é quase tio ou muito tio.

Nem sabia que ele estava hoje no sítio, achava que só vinha de terça e quinta, consertar cerca, passar tela no galinheiro, desmanchar telhado, de repente pintar o silo de cor-de-rosa para fazer de casinha de boneca. Já chegou ao riacho, atravessa a ponte de madeira, contorna o abacateiro pesado de abacate verde, avista o Bastião, está cavando a terra em veios compridos, o chapéu enfiado na cabeça. Jamile grita, Bastião, Bastião. O que foi, menina? Bastião chama de menina, mas é diferente da tia, não tem impaciência na voz e não diz menina feito xingasse. Queria ir embora com o Bastião, queria que ele a levasse para a cidade e colocasse na escola para aprender a escrever letra bonita. Que cara de velório é essa, menina? Jamile chora, não pensou que fosse chorar, mas a água pincha dos olhos feito rã no palude. Bastião tira o chapéu e passa a nuca da mão na testa antes de perguntar, é sua vó? Jamile faz sim, balançando o pescoço. Bastião arma os braços, Jamile acata o abraço com cheiro de sal, café adoçado com rapadura e esterco.

Faz o caminho de volta na companhia do Bastião, só o barulho das botas lixando a terra. Queria segurar a mão dele e pedir para morar na cidade, dizer que nem se importa que tenha coração, que um dia morre igual formiga, a avó, boneca de milho, louva-a-deus.

O Bastião foi resolver a papelada do enterro. A Lina diz que vai cuidar do corpo, passar água de cheiro, vestir roupa de missa, prender os cabelos em coque. Jamile pergunta se pode ajudar, ara, menina, diz a Lina, fechando a porta do quarto.

Jamile vai para cozinha e o fogo estrala igual chuva molestando telha. A panela de feijão está no fogo, pensa se a avó já estava morta quando grãos amaciaram na fervura. Sente fome, já deve ter passado a hora do almoço. O pacote marrom em cima da mesa, a lombriga boiando na privada, dona Dolores apodrecendo na prateleira, a formiga fugindo para sempre com a perna de besouro engatada no lombo. A avó morta. Pega um copo que seca no escorredor, abre a segunda gaveta, tira uma concha, arrasta o tamborete para perto do fogão, afasta a tampa da panela, enche o copo com o feijão que borbulha.

Come sentada na escadinha que dá para o terreiro, assopra antes de enfiar a colher na boca. Sente alguma coisa sólida, separa com a língua, pinça com o indicador e polegar: uma pedrinha preta. Ainda que a avó esteja morta para sempre, que não cure a lombriga, ainda que a dona Dolores apodreça, mutilada pelos mandruvás de milho, que a Lina martele a cama dizendo, puta, que a formiga nunca volte, que tenha chamado de bobo bicho de deus-natureza-criação. Ainda assim é ufa, porque pelo menos sabe que pedra morre pedra, sem nunca virar feijão.

CAJURU, SP

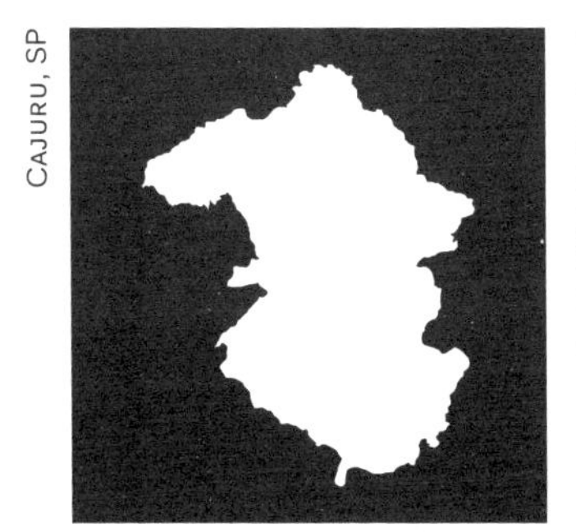

MARIA FERNANDA ELIAS MAGLIO nasceu em Cajuru, SP. É escritora e defensora pública, trabalha fazendo a defesa de pessoas pobres que estão cumprindo pena. Publicou *Enfim, imperatriz* (Patuá, 2017), vencedor do Prêmio Jabuti 2018 na categoria contos, e os poemas de *179. Resistência* (Patuá, 2019)

Não matei minha mãe

Raimundo Neto

Eu estava monstro antes de dizerem que eu havia matado minha mãe. Contaram o nascimento da casa, sobre as certezas de que eu seria homem e salvaria a todos da ruína, que os moradores estariam redimidos. Todos acabaram a vida um pouco; cada um a seu modo; a casa ruía, cada pedaço de gente aprendia a crescer, e depois morrer. Esperavam que alguma humanidade superasse as maldições aparentes, a herança da criança que eu crescia no corpo, cada dia mais parecida com os gestos da mãe.

Naquele nascimento não pude abrir as fraturas, nas quais sentia alguma salvação, nem redimir a maternidade da última mulher a não enlouquecer e sucumbir; a última mulher a tentar escapar do que diziam que tinha de ser. Restamos, eu e ela, as beiras de um rio profundamente longo, o Poti, que cortava uma eternidade naquela cidade. Contavam que o rio ia até o futuro, se aquilo onde morávamos era o passado.

Aqueles que nos contavam, sempre estiveram errados.

A mãe esperou do filho mais do que eu podia. Não cabia na minha força as paredes vacilantes e o teto a céu aberto, e assim eu engolia os vãos da casa. Repeti isso tantos anos até não suportar ser aquilo, a espera amorosa, a bondade claudicante: *mãe, eu preciso morrer ou partir. Vamos comigo? Mas eu não sei. Vamos comigo? Não posso. Vamos comigo? Fica, filho, nunca contaram história aqui de filho partindo. Tudo aqui fica, é o que contam, é o que querem, tu não vê? Olha,* ela pedia, e víamos as televisões ligadas, os jornais dissecando o que éramos, informando a precisão de uma fome passada, uma seca envelhecida. *Não me conformo, mãe. Não é assim que aceito ter nascido. E que homem fica aqui nascendo comigo, agora?*

Preciso ir agora, mãe, antes que seja tarde.

E eu que fico, o que faço com essa herança acumulada sozinha, como mulher? Se tu era o homem sobrando, o que salvaria com as unhas e os dentes cortantes os alicerces do que somos? Se tu partir, vira bicho, uma aparição famélica, a sombra escória agarrada a lodo e apodrecimento, nem homem nem gente, vai precisar engolir mulher donzela, do corpo fechado, à força, devorar com as bênçãos que precisará inventar, algum deus que te salve, pedir ao sertão que te resgate, ao brejo que te ilumine, à seca, o consolo, ao cangaço que desperte teu bicho macho, que teus anteriores matutos retirem de ti essa amenidade das fraquezas desconcertadas, tua alma em frangalhos, filho, tu habita no corpo um demônio.

Depois que parti, entendi vagamente a maldição da mãe, tudo o que ela quis dizer. Não nasci nas raízes secas do carnaubal que me foi dado como origem e fim. Meu corpo não escorregou expulso das entranhas ardidas de um animal clemente devorador de carniça e tornei-me gente pela benfeitoria de homens e mulheres civilizadoras.

Nasci muito além das vidas secas contadas nas cansativas eternidades de palavras e outros ditos que efetivamente não estavam dispostas a narrar as reinvenções que sou.

Esperavam da minha juventude uma antiguidade bordada em grosserias animais e tiques de quasímodo, atropelado por uma genética dita típica que, segundo eles, aqueles que contaram a minha história, dava ao meu corpo uma cabeça agigantada, ridicularias espremidas na garganta, um apodrecer divertido nas regiões estremecidas das vocalidades do meu sotaque, esse que minha língua insiste em cantar. Vibravam furiosos diante da possibilidade de me terem arrancando das malas um gibão de couro de bode, uma peixeira afiada, um berro estridente capaz de cortar amolado a seca do fundo dos meus pecados, aquela que achavam que eu, de acordo com as certezas dos homens, carregava na severina maldade dos meus olhos. Esperavam um relinchar de macho aquecido de valentia, e uma maldição qualquer na qual o sol queima a estiagem indigna e um deserto irreparável arregaça a coragem.

Ao chegar às alturas de São Paulo, esses andares longos de edifícios e crueldades, queriam notícias do meu passado. Eu não me parecia com o homem esperado, o corpo não caía em desgraça, não surtava gestos de verme brejeiro, não gritava a decência de cabra e macho. *Mas se é de lá, só pode ser tão esquisito*. Tudo em mim era uma retórica distorcida, uma extravagância calculada, vertigem ao dizer *Pode me chamar de viado*. Viam-me firme com o corpo contorcido em danças que expunham a beleza indômita e uma destreza impossível de classificação para parâmetros gracilianescos e euclidianos, os olhos arrebatados lacrimejantes de raiva pelo tamanho do mundo que explodia em cada gesto meu, as línguas que cada movimento meu desejava sedento aprender a dizer – a única sede grave que senti nesses trinta anos –, dizer sobre mim, numa sonoridade reinventada; inventando o que se seguia à origem.

Muitas pessoas e as perguntas sobre o que fui: a história da mãe abandonada, a casa em destroços, os túmulos que alicerçavam minhas conquistas.

Queriam me ver antigo, rural, bestificado, um expurgo cronificado; queriam meus pés barrentos, a barriga sobressalente expulsando verme-no-cu, joão grilo-e-chicó; queriam me ver na novela aberta na TV numa fala enrolada em couro de besta, burro, assumindo a portaria de um prédio luxuoso cortejando a riqueza do Sudeste, dizendo amém para qualquer migalha soprada no meu esforço já na nascença. Queriam me ver submetido numa reprodução de reinados de feras e coronéis aristocráticos, pedra sobre pedras do reino, arranhando a profundidade do meu nascimento até ser cada vez menor.

Eles, os que contaram a minha história, disseram-me homem. E olha só o que me tornei. *A história era esta, mãe?*: a mulher antes de morrer rogou-lhe uma praga transformando-o num monstro absurdo, condenado a vagar na escuridão margeada de rios abandonados até devorar a pureza de sete moças virgens, santas, pacíficas e fantasiosas, a beleza virginal que esperaria príncipe e jamais aceitaria dividir corpo, casa, desejo e fome com um monstro.

Mas eu me despossuía de querer o corpo da mulher para mim, para o sacrifício do desejo; havia o avesso daquela fome, a identificação daquela liberdade. Quando me disseram viado, e eu me aprendi, pela primeira vez, ainda a infância a nascer maior que a violência; eu desconhecia a beleza de ser outro, parecido com a mãe, com as mulheres da casa, a luta para sufocar o medo.

Eu fechava os olhos no coração de todos os deslocamentos aglomerações que me cercavam, e via o Piauí, um pedaço dele, grandioso, aquele que me nasceu escapando dos modos de ser homem e me deixou partir sem morrer; deixou-me romper sem engolir mulher nenhuma, sem derrubar o nascimento de uma casa e forçar o corpo todo ladeira abaixo de uma mulher que se submete, e perde o nome, perde a coragem, pare filho, e não escapa. O Piauí que me deixou partir, livre, ainda que a culpa usasse a força de um deus antigo testamento e dissesse pecados, maldições, e, no futuro, eu cada vez mais monstro. E olha o que me tornei.

Fui longe, e disseram que eu não podia. Beijei a mediocridade de alguns homens; disseram que eu deveria me salvar. Contorci meu corpo à espera de uma entrega, com alguns homens, revivendo fraturas passadas, acionando-as, ferindo a lembrança para fazer girar o mecanismo da autopreservação, em São Paulo, antes em trechos que me consumiram dois ou três anos, até eu decidir que o dinheiro limpo e sacrificado dos meus trabalhos poderia me levar adiante. Fui.

Disseram absurdos. *Quem você pensa que é?* Eu também não sabia. Não era preciso nutrir certeza sobre o que estou para decidir partida; isso eles jamais saberiam, aqueles que contaram a minha história, até aqui.

O lugar do meu nascimento acabou. Sua hora não era mais adiante. Na família, aquela do meu nascimento, morreram quase todas as mulheres e homens, e o alicerce foi infiltrando-se de um baixio grudento de sangue. E havia essa terra se movendo no corpo, destroçando o que diziam sobre mim para fora, nem tão longe, amontoados de resquícios que não me cabiam. Foi aos poucos que eu me disse viado, incorporando libertações, a possibilidade de decisões sem tantos arrependimentos, sagrado, talvez ferindo o Nordeste que me contaram quando a história não pertencia a mim, desbordando as alegorias rijas que inventaram meus muitos modos de desaparecer completamente.

E, sozinho, procurei outro lugar, ainda que o medo fosse permanência.

Longe.

Ainda havia fome e seca nas notícias contaminando a nação; e só enxergavam a periferia do Brasil e seus mortos-famintos, vivos, como diziam os homens.

Eu queria estar lá, continuar, mas fui obrigado a decidir uma fuga, ou algo do tipo. Pensei em São Paulo, Rio, o de Janeiro, como uma grandiosidade redentora, quase Cristo. O que se conta é sobre compreensão e humanidade. Meses depois, São Paulo tentava me colocar nos pesadelos da rua, meu corpo perseguido, forçado a ser ferida exposta a mutilações ativas, a rasgar a inadequação das minhas roupas; as cores e luzes das minhas bolsas e botas, o que elas produziam no que eu conseguia no meu trabalho, ridicularizado por onde andava. *Que porra é essa, que bicho é esse,* e mastigavam-me. Não contaram que as animalidades famintas e apocalípticas têm residência fixa em São Paulo.

Precisei vasculhar os resquícios das ruínas que sobraram; ouvir a mãe, a minha, contar-me uma possibilidade cuidadosa, que acabasse com o medo renascido a cada novo golpe, mesmo longe, mesmo morta. Ela tinha medo de não poder conhecer algum lugar maior que aquele; achava que a casa já era mundo suficiente. Falava sobre a Índia como um milagre; nunca entendi o motivo. Assistia a cortejos, ela me contava. Eu já disse que não havia mais fome e seca, havia TV em casa, salvação e resgates, comida fresca, água limpa, grandiosidades. Mas a casa acabou porque não havia mais tempo adiante. Queria poder fazer sobreviver a sua morte, tocá-la com o que me tornei, dizer a ela sobre a sacralidade dessa criatura viva que me tornei; se ela queria bênçãos e alguma beleza e valentia, aqui estou eu, mãe, mesmo viado, atravessando o mundo, invadindo o paraíso, para tentar encontrar igualmente o que restou de ti.

Eles dizem, e voltarão a dizer, que não faz sentido, em qualquer história, alguém como eu contar-me tão longe. *Não é possível,* eles dirão, a indignação a latejar. *Não faz qualquer sentido,* buscarão alguma lógica em seus privilégios, abrirão suas feridas para inundar as folhas em branco dentro das quais conto sobre o meu futuro. Daquele nascimento, ninguém diria que eu chegaria à

Índia. *Não faz qualquer sentido. Que raiz é essa que brota tão longe e não nasce apodrecendo?*

Foi ali, em algum espaço entre o nascimento da minha infância, a ressurreição do que pude inventar em São Paulo, e a anfitriã pródiga que Varanasi se tornou, em uma das muitas Índias na qual desembarquei, que entendi o que quiseram me dizer, quando quiseram me apagar, aqueles homens: ao nascer sufoquei a maternidade da última mulher da casa, a mãe, a minha, a tentar sobrevivência.

Mas sei que não matei minha mãe. Sei isso agora, olhando para a extensão deste rio, Ganges, um campo de corpos sem mais batalhas a lamentar, que alcança a eternidade; este rio que no sem fim encontra-se com o rio da minha origem, o Poti, e são irmãos, de algum modo que a razão daqueles homens não explicaria.

Aqui, levanto pedidos de perdão à morte da mãe, a minha, aquela que, cansada da espera, ruiu.

Derramo-me no rio, desfeito das monstruosidades que me ergueram, encontro minha infância, e deposito o meu último nascimento.

BATALHA, PI

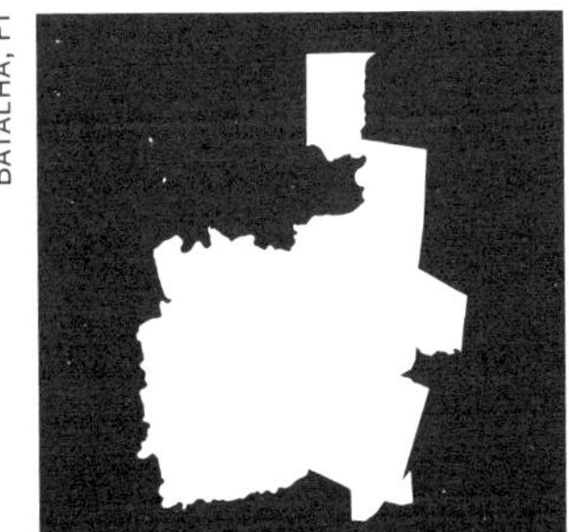

RAIMUNDO NETO nasceu em Batalha, Piauí, e mora em São Paulo, onde trabalha como psicólogo no "Sistema de garantia dos direitos da criança e do adolescente" no Tribunal de Justiça do Estado. Venceu o Prêmio Paraná de Literatura com o livro de contos *Todo esse amor que inventamos para nós* (Moinhos, 2019).

O busto

NATALIA BORGES POLESSO

A gente ficava embaixo da pontezinha do arroio até quase anoitecer. Já não estava muito limpo naquela época, as fábricas de calçado não se responsabilizavam por nada além de seus muros. Eram outros tempos. Não é que precisássemos nos esconder sob a ponte, nem mesmo eu, mesmo depois do acontecido, até porque nunca passava ninguém nem em cima daquela ponte, quem dirá embaixo. Mas ali era o nosso clube. Também não era para qualquer um fazer parte da equipe de atletismo, mesmo que a escola incentivasse muito. Éramos destaques nas competições interescolares da cidade e nos saíamos muito bem em níveis estaduais e nacionais. Se fôssemos pensar na equipe, éramos oito. Mas o clube era a metade, o Guga, o Arthur, a Júlia e eu. Os oito treinavam juntos todas as quartas e sextas-feiras no turno da tarde, depois apenas nós quatro fazíamos um treino extra, que consistia em correr na nossa belíssima, e *avant-garde* pra época, ciclovia arborizada. Todos devem estar pensando que o esforço compensa, afinal eu estou aqui hoje, recebendo honrarias. Na verdade, a gente corria só 2 km pela margem do arroio e ia pra pontezinha. Por isso caímos na risada quando contamos pro professor e ele perguntou "a volta inteira?", espantado. E a gente confirmou "inteira!". Eu vou com vocês uma hora dessas, gurizada. E a gente disse, vai sim, sor! Mas ele nunca foi. O resto da equipe só fazia careta, como se nos julgassem por sermos os nerds do esporte, se isso é possível. O resto da escola nos chamava de Feios de Mendel. Diziam que éramos dominantes nos esportes e recessivos na beleza. Adolescentes sabem ser cruéis. E vocês devem estar pensando que o esforço compensa mesmo, não é, de superar o *bullying*, ao menos. Ainda bem que sobrevivemos. Naquele dia o Guga disse que se o professor Saulo fosse junto, ele queria ver a gente conseguir dar toda a volta correndo, já que nossas especialidades eram revezamento, corridas de curta distância e saltos. O Guga disse aquilo e atirou uma pedra na água. Ficamos observando ela ricochetear longe na água do arroio. "Como tu consegue?", perguntamos. Não era uma metáfora. Não é. O Arthur disse que se aquilo acontecesse, ele estaria doente e a Júlia concordou, mas tinha certeza de que o professor Saulo nunca iria correr com a gente. O Guga mostrou pra Júlia como ele inclinava o arremesso. Depois que todos observaram a pedra da Júlia afundar de primeira. Não há metáforas aqui. Só pedras que seguem e outras que afundam em nossas memórias. Mas naquele dia, eu disse num tom de ironia e mau humor que um dia ele viria sim, porque ele era um professor interessado, interessado demais até. Todos me olharam intrigados. Eu continuei meio em silêncio com a cara emburrada. Então o Arthur perguntou o que estava acontecendo pra eu estar com cara de quem tinha chupado uma meia suja. Eu respondi com o que para mim eram as duas palavras mais odiosas da face da terra naquela época.

– Tiago Feix.

Todos ergueram as sobrancelhas.

O Tiago Feix era o pior guri da escola. E quando eu digo pior, eu quero dizer que ele era o demônio. Só no ano do evento em que quero chegar, ele já tinha: 1) tocado fogo no caderno de um colega na aula de culinária; 2) hasteado as calças do Paulo Ivan, sendo que o Paulo Ivan ainda estava vestindo as calças; 3) entupido os banheiros do vestiário com os trabalhos das crianças sobre o dia das mães (mas esse ninguém dedurou, porque um menino na verdade se sentiu mal porque a mãe tinha morrido fazia pouco tempo); 4) escrito atrás das tabelas de basquete – ninguém sabe como ele trepou lá – nossos nomes e escreveu gays e lésbicas com desenhos de paus e bucetas ao redor; 5) me beijado. Só que ele nunca era pego. Sobre o caderno, ele alegou que estava ajudando o colega, já que havia vômito no caderno e ele queria secar; sobre ter hasteado o Paulo Ivan, ele disse que não tinha reparado que a roldana estava presa; sobre os banheiros ninguém disse nada, acharam bonito até. Agora sobre ter me beijado, isso é uma longa história.

Eu não quero aqui gastar o tempo do meu discurso pra falar do Tiago Feix, que nem está aqui e de quem, na verdade, eu nunca mais soube. Mas o que piorava tudo era que o Tiago Feix e eu éramos muito parecidos. Eu tinha cabelo comprido até a metade das costas, ele também; eu era magricela, ele também; eu usava as calças do colégio com joelheiras de couro costuradas, ele também; prendíamos o nosso cabelo do mesmo jeito com um rabo de cavalo bem baixo e em geral escolhíamos sempre cores neon pros nossos amarradores. Uma vez aparecemos com a mesmíssima pulseira colorida no colégio. Não sei. Era uma maldição. Teve um recreio em que o diretor da escola tocou o meu ombro e disse que um dia iria me pegar no flagrante, eu fiquei branca e muda, e quando ele viu que era eu, e não o Tiago Feix, pediu mil desculpas. Disse que aquilo era um mal-entendido terrível e ainda me deu dinheiro para ir à cantina. A gente não sabe de nada quando é novo. Eu apenas peguei o dinheiro e comprei lanches a semana toda. Uma pena que o diretor Ribas não esteja vivo para presenciar este momento, já que tudo começou na escola que ele dirigia. Bem, o fato é que, de uniforme, era mesmo difícil nos diferenciar, de longe era impossível e de costas, só se a pessoa fosse vidente. Eu juro que até tentei improvisar alguns trejeitos mais finos, como os da Bianca ou da Júlia, mas eu não conseguia ser fina. A Ana Carolina foi quem chegou a essa conclusão e depois disse: corta o cabelo, vai combinar bem mais com o seu jeito! Eu cortei, bem curto. Minha mãe me levou no salão e ficou satisfeita com o corte. Ficou moderno, filha. Minha mãe não era mesmo careta. Só que no dia seguinte, o Tiago Feix apareceu com o cabelo de penico na escola, tipo o meu. Paciência, teria que esperar crescer.

A sugestão da Ana Carolina, a de que o cabelo curto combinaria muito mais comigo, me pareceu alguma insinuação. Eu perguntei a ela na semana seguinte e ela me disse que sabia que eu e a Júlia éramos namoradas e que eu era o homem. Vejam só, que coisas tivemos que encarar pra chegar neste dia, não? Eu e a Júlia éramos apenas amigas naquela época, só muito tempo depois que fomos nos casar. E confesso pra vocês que eu nunca tinha pensado sobre nada disso. Até o dia do bingo na escola. Aliás, não entendo como podia ter tanta gente jogando bingo, tudo bem que a gente se esforçou pra vender as cartelas e recolher bons prêmios. Tudo era pra comprar as sapatilhas novas da equipe. Sapatilhas de atletismo que eram fabricadas aqui, inclusive. Espero que hoje as fábricas que restaram tenham alguma consciência em apoiar projetos locais. O ginásio estava cheio. O tio e a tia da cantina mal conseguiam dar conta de vender tanto pastel e tanto refrigerante. Disseram que alguns pais trouxeram até cerveja escondido e que o falecido e estimado diretor Ribas fez vista grossa. A cidade não tinha tanta diversão fora da época das festas, muitos de vocês devem lembrar, então o bingo foi um evento. Hoje não sei como andam as opções de cultura, esporte e lazer, espero que boas. Naquela noite, todo mundo estava lá. E enquanto nossos pais, vizinhos e amigos dos nossos pais e vizinhos jogavam, nós nos revezamos entre ajudar e ir um pouco no pátio de cima para aproveitar a escola às escuras. E quando eu digo aproveitar, eu quero dizer que tinha muita gente se agarrando. Coisas que adolescentes faziam e ainda fazem, eu tenho uma filha adolescente e sei bem. Mas naquela noite, eu estava encarregada de cuidar dos turnos e avisar caso alguém aparecesse. Eu não era rancorosa e muito menos uma dedo-duro, e como eu não tinha nenhum interesse específico, estava tudo bem. Até que um guri veio me dizer que ficaria no meu lugar porque tinha alguém me esperando no corredor externo atrás dos banheiros. Eu disse que não queria ir obrigada, que estava muito bem. Mas o guri disse que a pessoa não ia ficar lá no escuro a vida toda. Então eu fui.

Logo na entrada, alguém pegou a minha mão, eu me retraí, até que a voz disse: sou eu, a Taís. Eu não disse nada por um instante. Por que a Taís estava me esperando? Mas aí ela disse que só estava ali para coletar o pedágio e para garantir a segurança de todos. Eu perguntei a ela que pedágio era aquele e ela me deu um selinho e disse pra eu ir rente ao muro. Meus olhos estavam mais acostumados com o escuro e logo eu vi uma silhueta que me deu um oi estranhamente familiar. Tiago Feix. Quando eu vi que era ele, dei meia volta pra ir embora logo, mas tropecei numa pedra solta aí ele disse espera, eu to aqui pra gente... e parou, eu gelei. Pra gente ficar. Se tu quiser. Eu sei que tu nunca ficou com ninguém. E daí? eu disse. Nada. E daí que se tu quiser, pode ser hoje. Eu levantei sozinha do chão e senti ele se aproximar. Pensei que poderia mesmo ser naquele dia e que ótimo, na verdade, parar de ter essa questão, parar de ter que responder ou de ter que pensar em por que tu nunca fica com ninguém, Olívia? Tá bem. Chegamos perto e ele me beijou. Depois ele disse, levanta a blusa. Eu não sei por que eu levantei a blusa, acho que eu estava meio tonta com tudo o que estava acontecendo, o primeiro beijo, o Tiago Feix, a Taís, a cidade inteira no bingo, as sapatilhas novas da equipe, o grande prêmio, as regionais, os goles de cerveja que tomamos todos às escondidas. Veio um *flash*. Literalmente. Fiquei cega. Não, eu não usava sutiã. Exceto para treinar. E se ele tinha pedido pra eu levantar a blusa era mesmo para ver meus peitos e eu achei que haveria algum tipo de troca ali. Mas o Tiago Feix saiu correndo e depois os passos duplicaram e imagino que a Taís tenha saído correndo junto dele. Uma pena não serem da equipe. Eram bem rápidos.

Então quando todos ergueram as sobrancelhas naquele dia embaixo da pontezinha é porque já tinham visto a foto, que ele guardava na agenda e os xérox que ele tinha espalhado pela escola dos meus *micropeitos*. Como tinham escrito na cópia que encontraram no banheiro masculino. Junto com a dúvida de se eu era homem ou mulher. Adolescentes, não é? Vocês devem estar pensando que tudo vale a pela, tanta superação. Tu vai pras regionais?, o Guga perguntou. Respondi que não. Eu não fui expulsa da escola, mas o conselho de professores achou que tinha que me dar um castigo por mostrar os peitos e o Saulo sugeriu me tirar da equipe por um tempo. Agora vocês devem estar pensando que nada compensa esse

– Que absurdo!

Isso. Esse absurdo. A verdade é que não há nenhuma relação de compensação e a minha vida foi sim afetada por esses episódios. Eu sei que isso aconteceu muito antes das redes sociais e muito antes de todo tipo de feminismo que temos construído, talvez por isso não tenha sido tão traumático, como se fosse com esse registro omnipresente que temos hoje. Mas também talvez por isso tenha acontecido assim. O fato é que, naquele ano, meus pais foram embora desta cidade, por motivos não relacionados ao episódio do bingo. E eu nunca mais tinha voltado aqui. Até hoje, pra inauguração desse busto em minha homenagem. Por ser uma personalidade esportiva desta cidade, que valoriza seus cidadãos natos, de acordo com e-mail que recebi do prefeito. Quanta ironia! Realmente não há metáforas aqui. Então, sem delongas eu agradeço o convite para estar aqui e a homenagem, et cetera. Espero que tenham gostado desta minha singela história. Júlia não pôde vir, mas mandou lembranças às autoridades presentes e aos conhecidos.

Todos aplaudiram meio que se olhando e se perguntando se era mesmo pra aplaudir. Depois seguiram os ritos. Quando tiraram o pano de cima do busto, eu não pude acreditar. A estátua era a cara do Tiago Feix.

Bento Gonçalves, RS

Natalia Borges Polesso é pesquisadora, escritora e tradutora. Publicou, entre outros, *Amora* (2015), vencedor do Prêmio Jabuti, e *Controle* (2019). Em 2017, foi selecionada para a lista Bogotá39. A autora tem seu trabalho traduzido em diversos países.

Ninguém vai morrer por causa disso

Franklin Carvalho

Há de se pesar a importância de tudo, Abelardo. Claro que estou preocupado com o desaparecimento de Luísa, claro. Mas é preciso aprender com a vida.

No ano passado, uma tia minha vinha de ônibus para Salvador e, na parada em uma estação, encontrou um casal de amigos que viajava num automóvel pequeno. Ela aceitou o convite para mudar de carro, queria seguir acompanhada, conversando com eles sobre coisas de muito tempo sem se verem. Mas logo à frente houve um acidente e minha tia foi a única do veículo a morrer. Foi-se sozinha, triste ironia!

Este outro caso, não conheço as pessoas, apenas ouvi na loja em que trabalhava: dois jovens iam se casar e já tinham reservado passagens aéreas e hotel, para aproveitar a lua de mel numa cidade turística. Bem perto do casamento, o pai da moça, que só tinha aquela filha, sonhou com um desastre de avião e acordou estremecido. Os noivos então desistiram de voar e se conformaram em seguir de automóvel mesmo. Infelizmente, o destino atravessou a pista. Levou somente a menina.

Veja você, o pai ficou desolado mas continuou vivendo. É que as pessoas mais velhas são muito mais fortes que nós, sentem os abalos mas se resignam como cágados. Os mais velhos são de épocas em que não havia luxos e só se percebiam necessidades e obrigações e renúncia. E às vezes ficavam amargos por causa disso. O alívio para os velhos, até hoje é assim, é relaxar os pés inchados das varizes que sobem dos calcanhares sob as calças puídas e largas, calças toscas como cortinas de casas do brejo.

Vaidade nenhuma naqueles homens e mulheres, o buço sempre manchado de leite ou de manga, as poucas roupas tendendo a encardir, chamadas ao anil, ao sabão de pedra duas vezes por semana, às vezes três. E os travesseiros de folha de cidreira, e os remédios feitos em casa, e o azeite e a clara de ovo e óleos para tratar o cabelo.

Mas nós deixamos tudo isso para trás. Aquela vida simplória, nossos parentes, nossos passados, as missas aos domingos, a pobre vila modorrenta em que nascemos. Viemos para esta cidadezinha à beira-mar que se acha grande coisa, capital da pobre província da Bahia. Viemos trabalhar nos novos edifícios do centro, no pouco comércio que medra entre os sobrados antigos. E habitamos as casas velhas, mais baratas nas ruas de pedra, o transporte público que ainda carrega galinha e sacos de feijão vendidos nas feiras, e essa gente que fuma nos pontos e nos ônibus, e esse calor infernal que jorra do sol como água fervente.

Estamos, Abelardo, na borra ressecada dessa colônia onde até o governador é mexeriqueiro. Ficamos estagnados nessa rotina do centro pobre, com as turmas que se vestem de *hippie* porque viram a moda em alguma revista do ano passado, ou do retrasado, ou de 1975. Com esses nossos amigos cabeludos e metidos a revolucionários, que uma vez por ano viram raparigas no carnaval. Que cochicham quando eu passo, e me desdenham e envelhecem aqui conosco, sem outro progresso.

E quando esses amigos precisam de dinheiro ou só querem se aliviar, vêm aqui no cortiço, na calada da noite, para que ninguém os veja entrando. E chegam cheios de curiosidade, perguntando por que eu decidi ser mulher e como é que eu faço – e seus olhos já estão excitados quando tocam neste ponto! E mesmo quando têm dinheiro esperam que eu lhes consiga algum, ou que lhes dê presentes, ou lhes alegre a vida apresentando fumo e mulheres. É por isso que eu digo, eu prefiro conversar com os estivadores, com os pedreiros, com os bêbados da Cantina da Lua e com a louca que anda de roxo pelas lojas da vizinhança.

Não foi por vaidade que vim morar em Salvador, mas pelo desejo de liberdade – uma fome infinita. Pudesse, eu sairia nu pelas praias de Salvador, as mais *hippies,* e viveria solto em Arembepe e em Berlinque com os mais doidos micróbios do artesanato. Mas eu preciso de dinheiro de verdade, em quantidade, para meus cigarros e meus cremes e outros prazeres. Para combinar os encontros nas últimas filas do cinema e para comprar os aviamentos para costura.

Pobre de mim se não variasse meu figurino e não inventasse essas roupas malucas para as putas do Pelourinho e os blocos de carnaval e o pessoal de teatro e os pais de santo e as noivas católicas e adventistas. Quando elas querem pagar pouco, vêm pechinchar com o travesti, o transviado, afinal, preconceito existe para manter privilégios. E olham para mim e perguntam se faço maquiagem e cabelo, se sou manicure, tudo incluído na fantasia de fada madrinha.

Eu sou só Lia, este preto magro, Abelardo. Teu colega de infância e amigo para a vida inteira. Não sou professor da faculdade de Teatro como tu, não tenho emprego fixo, não ganho o que você ganha nem ando como você, disfarçado de lorde senhor respeitável de camisa de casimira, óculos de fundo de garrafa. Valemos um ao outro por isso mesmo, não? Porque eu nunca te traí com a minha agulha na hora de fazer as roupas para os seus espetáculos, está tudo entregue no prazo. A Desdêmona morta, o *clown* de Becket, a Yerma, a Senhora Carrar, as bruxas de Salem. Mas você é outro que nunca me respeitou, como se eu fosse uma segunda classe. Pior para você.

Tudo é muito passageiro, Abelardo. Como a Belinha, lembra dela? Que tinha a Belinha nessa vida? Uma pessoa inteligente, mas na sina de cozinheira e faxineira, sem dinheiro nem moradia certa, vivendo de bico e de favor até morrer infartado num quarto de fundo de rua, magro demais, rico só de amigos pobres. Um homem de sessenta anos, João de Tal, como ficou na lápide da cova rasa.

Ninguém escreveu lá que esse João era destaque no desfile dos Garotos da Garoa e amante dos candidatos a recruta que madrugavam na fila do Forte de São Pedro. Belinha, João de Tal, candidato a vereador dos funcionários do comércio, mas que nunca pôde registrar a chapa oficialmente. Vereador *honoris causa,* com título concedido nas segundas de carnaval.

Assim se acabaram mil homens num somente, inclusive a Belinha, que você nem procurou conhecer direito. Imagine em quantas festas e noites poderíamos estar juntos, quantos domingos nublados e ocos nos avistamos uns aos outros à distância, fazendo cada qual sua busca pela companhia barata de anônimos nas ladeiras mais suspeitas. Ninguém teve acesso a sua amizade até agora, Abelardo, somente eu.

O professor Abelardo, cinquentão, solteiro, abismado. O que o aflige mais agora? Ter perdido a prima adolescente, que trouxe do interior para um passeio inocente nas praias e igrejas da Bahia? Mas não foi você mesmo que me disse que Luísa já estava se enturmando com os rapazes da vizinhança? Bastaram quinze dias na capital. Uma manhã sai para comprar pão na esquina e evanesce. Terá partido com algum deles? Terá partido com medo de algum deles?

Os homens de Salvador são muito atraentes, ainda mais para quem vem do interior. Todos moços de boa família, de lábia açucarada, sorrisos irresistíveis. Disponíveis para qualquer fantasia da cabeça das tontas seduzidas.

Ou lhe assusta dar a notícia para a família em Ribeirão do Mato, contar tudo pessoalmente, aguentando os olhares suspensos em silêncio? Eles já vivem uma vida tão pobre, tão limitada. Você ainda manda ajuda?

Ribeirão do Mato nem existe mais, Abelardo. Quando voltei lá para buscar meus últimos pertences, não vi nada do que deixei. A igreja na praça evaporou, vazia de fiéis. As ruas estão desertas de conhecidos, apesar de tantas pernas passando. O jardim central está morto de tanto que o abandonei, e os insetos nem me tocam, de tão estranho que pareço ao local. Também nunca fui feliz ali, a cidade não era para mim. Hoje sou muito pouco, mas em Ribeirão era quase nada.

Era quase nada aos dezesseis anos. Minha mãe tinha morrido e eu fiquei morando com meu padrasto, um homem intragável, grosseirão. Embora a casa pertencesse a ela, do primeiro casamento, meu padrasto acabou ficando, aposentado, sem bancar nada, me explorando. Eu cozinhava, lavava, passava, deixava tudo um brinco e, como trabalhava à noite na lanchonete do posto de gasolina, ainda fazia a feira da semana.

Um dia meu padrasto estava chegando em casa e viu um parceirinho meu sair pelo portão da frente. À noite, o jantar na mesa, a caçarola de ovos quentes com cebola vermelha, ele explodiu, reclamou do que eu tinha cozinhado. Jogou o prato cheio no chão e o café quente para cima de mim, sorte que errou. Trancou o meu quarto e me expulsou de casa, e eu fui, somente com a roupa que vestia, o traje que a morte aceita.

O povo de Ribeirão nos trata como se fôssemos uma raça de animais sujos e peçonhentos, independentemente do que façamos ou do quanto possamos ser úteis, carregar água em cestos e salvar-lhes a vida. Essa gente inventa confusões e nos atrai para tocas de serpentes, para testar os venenos deles e os nossos. Sabem que temos nossas presas, mas querem nos matar pela quantidade de línguas que aliam. Se tivessem que nos preservar, seriam só dois da nossa espécie, a fim de extraírem o antídoto.

Desde que você me falou que Luísa sumiu, eu me doí logo, e consultei a milagreira Cigana. Quando a entidade baixou em mim, tentei ver o paradeiro, mas não clareou. Você estava aqui na hora, sentado na minha frente, conversando como sempre, perguntando como sempre. Eu que não lhe contei que estava incorporado, na fenda de luz. A Cigana só me me falou que ficássemos tranquilos, que Luísa não está com as energias do mal.

Você não entende nada dessas coisas místicas, Abelardo. Todo se tremeu quando lhe falei dos preparados para conquistar amor e limpar os caminhos, a Cigana lhe adivinhava um futuro excelente. Você acha que a nossa vida é caso de quê? De esperar só por Santo Antônio, ou padre ou igreja? Gente como a gente precisa de santos diferentes, das ruas, de soldados e de guerreiros das matas. De santos como a gente, sofridos, humanos, com erros. Já justifica nossos pedidos a gana com que desejamos aquilo que desejamos. Nossa paixão por um corpo suado e duro que não esquecemos, que não conseguimos, que não esquecemos.

Luísa não foi presa de seitas e rituais malditos, nem venha com essa! Não existe isso de gente sequestrando virgens para matar ao pé da fogueira, os tambores tocando. Até acontece de alguém oferecer o seu próprio filho, o seu próprio filho em sacrifício religioso, às vezes a família inteira precipita meninos nas águas, como aconteceu esses dias na orla de Salvador, essa seita do livro sagrado embaixo do braço. Mas é o sangue do mesmo sangue que vale para os fanáticos.

Eu repito sete vezes o nome de Luísa e depois rezo para a Cigana, e para o anjo da guarda da criatura. A última vez, a Cigana a viu aborrecida numa sala cheia de livros, querendo ver televisão, ter televisão, porque a moça veio de uma casa pobre na roça e sonha com luxo.

A casa dos livros, com quadros estranhos nas paredes e objetos exóticos, é a sua, Abelardo. Ela não quer ficar nesse ambiente tão frio nem voltar para o interior. Depois a Cigana não vê mais nada, nem diz como trazer a moça de volta.

Será que ela não está aqui mesmo, pelos bairros afastados, com uma turma de jovens? Afinal, tem só uma semana que sumiu ... E que você ficou assim, sem sombra, alerta e insone.

Lembro-me do que diziam na minha infância, que não devíamos sair de casa ao meio-dia, para que um feiticeiro não roubasse a nossa sombra. Há uma semana você está pálido e seu hálito é tênue, fraco, as forças drenadas do sangue, um farrapo.

Ouça o meu conselho: volte à rua e circule pelo meio da gente viva e suada, porque só no meio dela será possível encontrar Luísa, viva também, suada também, nesta cidade de tantas valas abertas. Por mais que demore, um dia ela tomará a sua mão e o conduzirá tranquila. Viver essa esperança já é uma luz.

A lição que nos deixam os mortos é digerir a morte aos poucos, renunciando. Já os espíritos e santos avisam que é preciso vivermos várias vezes, sempre que o nosso nome é chamado.

As pessoas que se perderam, por sua vez, pedem que nos percamos também, em meio ao mundo. Sem nome, sem endereço, apenas nosso corpo e nossa sombra, as únicas coisas que nos pertencem enquanto vivemos. Não vale deixarmos esse mínimo sem luta.

ARACI, BA

FRANKLIN CARVALHO é jornalista e escritor. Em 2016, seu romance *Céus e Terra* venceu o Prêmio Nacional de Literatura do Sesc, e, em 2017, o Prêmio São Paulo de Literatura. Em 2019, recebeu o Prêmio Nacional de Literatura da Academia de Letras da Bahia com *A ordem interior do mundo*. O romance *Eu que não amo ninguém* (editora Reformatório, 2021) é seu livro mais recente.

Inocência

DÉBORA FERRAZ

Meu pai fazia essa coisa com o jornal. Ele o abria sobre a mesa grande como se fosse um jogo de tabuleiro e então fechava os olhos, punha o dedo em cima de uma notícia e lia qualquer linha me mandando adivinhar em que caderno ela estava. "Lourenço morreu deixando 17 gatos em seu porão."

— Policial — eu disse.

— Cidades — ele me corrigiu. — Nem toda morte é crime.

A minha casa também tinha um porão. Era realmente um esconderijo secreto, antes. A casa havia pertencido a um cangaceiro, ou era um amigo de um cangaceiro... E sempre que a polícia vinha, ele descia para o porão pelo falso piso que ficava no meu quarto. No começo eu achava aquilo estranho. Quero dizer: passagens cimentadas, portas cobertas com tijolos... Não sei se consigo explicar isso direito.

A escada já tinha sido derrubada e o porão estava servindo como um depósito de entulho e minhas colegas gostavam de ir lá tentar puxar o piso de laje que, naturalmente, também já estava cimentado.

E depois arrodeávamos a casa para eu lhes mostrar o porão. Um lugar inóspito que cheirava a material de construção e cocô de morcego.

Até que na terça-feira uma dessas colegas me fez a pergunta mais peculiar:

— Dá pra criar um bicho aqui?

Eu primeiro não soube o que responder. Olhei para os dois lados: para os sacos velhos de cimento, montes de areia, cal endurecida.

— Claro que dá — foi o que respondi. — Eu crio um gato aqui.

Ela ficou me olhando sem saber se devia ou não acreditar em mim. Mas, ora, o que é que se diz numa situação dessas?

Ela disse que eu tinha que deixar de ser mentirosa.

— Você tem uma prova? — ela pediu. — Se conseguiu criar um bicho, então tem que ter...

Quis perguntar à minha mãe, ao meu irmão... Mas eu disse que ninguém ia confirmar a história. Pois, ora. Eu crio o bicho escondido.

— Na verdade, ele ainda está na rua, passeando, mas deve voltar logo, logo.

Eu lhe contei uma história que não era de todo errada. Você tem que ter muito planejamento se quer criar um bicho escondido. E eu tinha pedido à minha mãe, mas ela não deixou e então eu já estava com o gato e não havia mais que pudesse ser feito...

— Você poderia criar outro — ela disse. — podíamos criá-lo juntas.

A mãe dela chamou no meio da tarde, como eu sabia que faria. Isso salvou a minha pele.

No dia seguinte, na escola, ela veio me perguntar do gato. Se tinha chegado bem. Se eu o tinha alimentado. Fez o mesmo no dia seguinte. E no outro, e no outro. Ela queria ir lá em casa de novo e queria pegar o gato e alisar o gato e brincar com o gato. Passei a ter pesadelos com ela. E quando a minha mãe anunciou que estava vindo pra brincar, eu pensei que agora não tinha mais jeito. Eu precisava criar um bicho lá. E rápido. Comprei um pote de whiskas sachê, forrei o piso do porão com jornal, saí à rua atrás de um vira-lata. Mas já tentou seduzir um vira-lata?

Há muitas maneiras de seduzir um gato. Você pode oferecer comida. Pode pegá-lo numa caixa, pode procurar filhotes mais bobinhos em terrenos baldios ou pode simplesmente deixar a ração num canto e esperar que venha. Eu contei tudo isso pra ela antes de rolar a pedra de volta e deixá-la lá dentro gritando que não estava vendo gato nenhum, que aquilo não tinha graça e dizendo que queria sua mãe. Que queria ir ao banheiro e eu dizendo bem baixinho:

— Fica quieta.

Dava pra ouvir ainda um resquício do chorinho dela enquanto eu subia de volta pelo quintal, arrodeava a casa chutando o mato remanescente das pedras até que daqui a pouco não se ouvia nada a não ser o farfalhar nervoso do meu pai com seus jornais sobre a mesa.

Serra Talhada, PE

Débora Ferraz nasceu em Serra Talhada, PE, é jornalista, doutora em Escrita Criativa pela PUCRS e seu primeiro romance, *Enquanto Deus não está olhando*, foi vencedor da 10ª edição do Prêmio Sesc de Literatura e do Prêmio São Paulo de Literatura na categoria autor estreante com menos de 40 anos.

Quando me criaram gente

JULIE DORRICO

O dia foi criado mais uma vez, e enfim, me criaram gente. Em vinte e seis estiagens, eu só era corpo, pele, roupa, vendo minha mãe plantar as pimentinhas e as flores no nosso quintal.

Um dia um tatu foi nos visitar, ela quis guardá-lo para que eu pudesse conhecer esse parente, que mora debaixo da terra, mas o guardou no buraco que seria nosso poço. Quando me contou essa história, riu, e eu também.

Morávamos longe da cidade, não sei que sentimento é esse, mas talvez minha mãe não gostasse da floresta de pedra, pois implicava com tudo que a habitasse: o ar, o calor, o tempo. Tão logo vinha, voltava. Um dia fui estudar as letras na universidade, o ônibus corria a estrada de aço vai-e-vem vai-e-vem vai-e-vem. Mamãe me esperava no ponto, a cidade tinha sido engolida pelos homens da usina.

Viajamos para a terra do velho do fusca azul, que falava de descriminalização da maconha, do direito da mulher a seu corpo, do crime que cercava as fronteiras. Nos museus de sua cidade havia muitas joias, pin(gentes) com rostos, um jeito de representar a Mãe-Terra. Além disso, tecidos e estátuas nos contaram sobre as extintas civilizações do que eu saberia mais tarde ser meus parentes. Mas eu não chorei, porque ainda não era gente.

Na Redenção, eu vi crianças guarani cantando o Ñande Reko, tentando fazer com que suas vozes fossem ouvidas pelos donos dos olhos transeuntes que passavam por ali: colares, maracás, chás. Até quando resistiriam? Eu senti por dentro.

Como manda o ritual, eu tomei caldo com murupi e tucupi. Então quando a noite se fez gente, eu nasci. Na cidade dos ipês brancos, rosas e roxos, os espíritos ancestrais, finalmente, me criaram gente.

Como gente-indígena eu mais tarde saberia ser macuxi. Raiz originária, coletividade.

O mundo indígena, e o modo como ele é, é tão sagrado que é impossível precisar nestas linhas, chega a doer o coração, chega a marejar os olhos, chega, de fato, a contar uma outra história, a história de quem sente. Desde que me criaram gente.

GUAJARÁ-MIRIM, RO

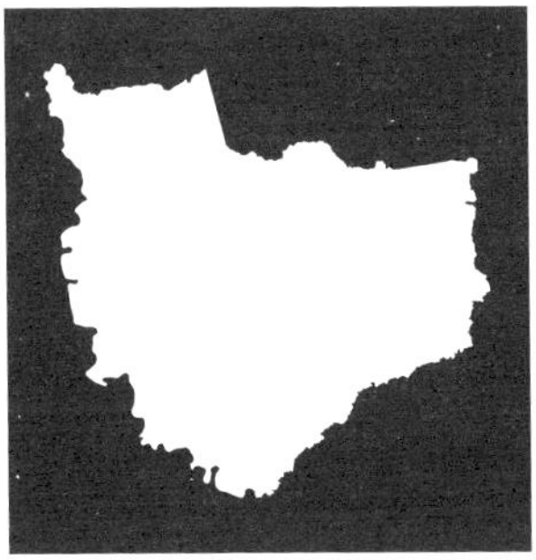

JULIE DORRICO é escritora macuxi. Graduada em Letras e Mestre em Estudos literários pela Universidade Federal de Rondônia. Doutora em Teoria da Literatura na PUCRS. Publicou *Eu sou macuxi e outras histórias* (Caos e Letras, 2019), que ganhou o Prêmio FNLIJ/Tamoios. Ativista em defesa dos povos e culturas indígenas.

Viagem no tempo

MARIA VALÉRIA REZENDE

Havia muito que planejavam a volta! Havia anos. Não, décadas. O irmão prometia voltar com tempo para a viagem ao passado. Restaurar a alma. Sofria com o frio e a neve quase permanentes dos confins onde se metera. O caçula também farto da megalópole, não tão longe no espaço, mas igualmente remota no tempo. Poderia fazer a viagem sozinho, mas não lhe interessava. O sonho só podia ser revivido a dois, restaurar o frescor da infância quando eram inseparáveis, impossível sem a cumplicidade mantida até que a terra sertaneja em rebuliço os expulsou e o nomadismo ancestral os separou. Houve tempo em que o empuxo da esperança de um futuro era mais forte que tudo, e gerava neles as mais ousadas ambições. Agora que o futuro já chegara e se apresentava tão mais curto do que o passado, oferecendo-lhes apenas mais do mesmo ou pior, só a promessa da volta os reanimava. Já não havia tanto tempo à frente para tentar reconhecerem-se na sua forma mais original, reaver a improvável alegria que arrancavam da dura vida de meninos pobres em terras secas, quando sequer sabiam quão pobres eram e do nada, ou quase nada, brotavam o encantamento e a graça da vida.

Sim, já estavam comprados aqui o carro robusto, lá o bilhete aéreo para a travessia de um hemisfério e meio, marcados o encontro no aeroporto e a saída imediata rumo ao passado. Não, nada de mapa nem GPS nem guias. A rota estava impressa nos corações e nos cinco sentidos.

Abraçaram-se em silêncio, olharam-se como em espelhos que apenas lhes alteravam a cor da pele a revestir estruturas quase idênticas. As frases vieram simultâneas, “Que branco ficaste!”, “Que escuro tu me pareces!”. O resto era indizível.

A discreta bagagem, o veículo potente, dois homens silenciosos e a estrada, a paisagem mutante, a sucessão de placas indicando os lugarejos, os cursos d’água, seus nomes a lhes parecer um longo poema cuja sonoridade se recorda, mas não se sabe mais de cor.

Ao contrário do que dizia o painel do carro, corriam céleres para trás, em direção à infância. Lá estava, enfim, a entrada para a longa reta, ainda apenas de barro, areia e pedregulhos, cânion entre paredes compactas de garranchos e cactos, quase sempre acinzentadas, uma que outra mancha verde, um ou outro repentino farfalhar de asas.

Calados, um nó na garganta, atravessavam seu túnel do tempo. Era o caminho certo. Como duvidar se divisaram o Hotel do Deserto, a mesma palhoça inclinada na direção do vento, prestes a cair, as redes desbotadas para o hóspede eventual, à sombra da varanda de palha, meia dúzia de galinhas-guinés a ciscar como único sinal de vida humana, e finalmente a voz trêmula a responder lá de dentro ao chamado dos viajantes, “Se é de paz, vamos chegando”, as canecas de alumínio amassado, o café ralo açucarado com rapadura, as mesmas bolachas secas.

Uns poucos quilômetros a mais, o caminho mais estreito em direção à elevação que, sem nada dizer, ambos sabiam ser o destino escolhido. O carro foi até onde pôde pela estreita vereda, aceitando os rudes arranhões, até dar na muralha de pedra e caatinga ao pé de uma elevação. Saíram levando só o facão de abrir caminho.

Poderiam ter cerrado os olhos que seus pés encontrariam sozinhos a subida, os passos gravados na memória dos músculos. Mas queriam ver, de novo, em detalhes, que o passado não desapareceu. Não se retardaram na escalada, porém, tinham pressa. Quase no topo, a vegetação mais rala, o relevo desgastado pelos ventos e chuvas lhes permitiam, afinal, estender-se e rastejar, como antes, para surpreender sem ser vistos. Quase lá, em alguns instantes se descortinaria o vale e poderiam distinguir, com a agudeza recuperada do olhar de gavião, reses tresmalhadas, vaqueiros encourados a buscá-las, apostar que nenhum encontraria uma das vacas e sua cria e eles, então, ao entardecer a iriam procurar e se apossar do garrote não marcado.

Por fim, estão no topo, levantam as cabeças, espremem os olhos para ver melhor. Não podem crer. Diante deles nem caatinga, nem vaqueiros, nenhuma cabeça de gado, apenas a imensa extensão verde, cortada em listas paralelas, torres e antenas e repuxos d'água a distâncias regulares, nada do sertão de sua infância. Nada de sua infância. Olham-se, as bocas secas, gargantas travadas e uma cortina úmida velando-lhes a visão. Incrédulos, miram de novo o vale e, ainda que embaçada, agora sim, por trás da cortina salgada que lhes cobre os olhos e as faces, ali está a paisagem que trazem dentro, tudo como antes, intocado.

Escurece rápido, há que descer. Seus pés de meninos sabem por si mesmos cada passo e ganharam a firmeza e a agilidade de outros tempos.

Lá está o carro. Com alegria há muito esquecida voltam em marcha-a-ré, rindo novamente, como pirralhos, a cada topada, cada raspão que lhes vai destruindo o que vale muito dinheiro, ou nada onde estão agora.

Falta apenas uma etapa. Falta rever Dona Maria Bode e regalar-se com a merenda que nunca lhes negou. Retomam a reta com o entusiasmo de sempre, apostando quem chegava primeiro à bodegazinha no meio de coisa nenhuma. O que resta do carro largado, dois moleques pela picada curta e estreita, alguns metros adiante as milagrosas bananeiras mantidas vivas à custa de longas romarias por cada balde d'água, a porta coando luz de candeeiro. Dentro, prateleiras com os mesmos quase-nadas à venda, o mesmo balcão, mas, atrás dele, um desconhecido. Vozes em uníssono, "E Maria Bode, onde está?". O homem ergue o candeeiro e mostra, na parede, a moldura oval, o retrato toscamente retocado. "Mas... e pessoalmente?" O outro aponta para um céu além das palhas do teto. Olham-se os irmãos. Agora já sabem como fazer tudo voltar ao que era, deixam baixar e cobrir-lhes os olhos a cortina de lágrimas e então a veem, a imagem embaçada, mas a voz alegre e firme, inconfundível, "Hoje vão querer banana frita, banana em calda ou a banana pessoalmente?".

SANTOS, SP

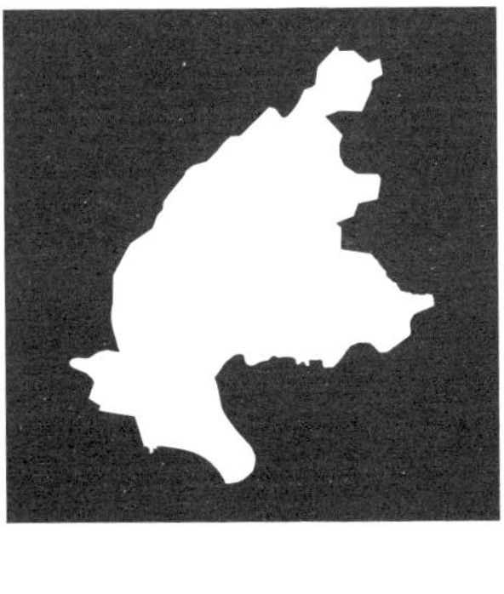

MARIA VALÉRIA REZENDE nasceu em Santos, SP, onde viveu até os 18 anos. Dedicou-se sempre à Educação Popular, na concepção freiriana, tendo percorrido o mundo nessa missão. Desde 1972 fincou raízes no Nordeste brasileiro, em Pernambuco e, desde 1976, na Paraíba. Publica ficção e poesia, para adultos e crianças, desde 2001.

Matadouros

GILVAN ELEUTÉRIO

Na pequena rotina urbana, nas frases repetidas diariamente, na face que você admira cotidianamente é lá que se esconde a felicidade. Quando nos cansamos e tentamos quebrar a mesmice, nasce uma falácia, uma ilusão que desintegra no ar, abrindo um abismo foda de escapar. Assim foi o início da minha tentativa frustrada de mudança daquela cidadezinha.

— Fala, Careca, como você tá, irmão?

— Vou indo, cara, com muitas contas pra pagar, a facul atrasada, mas vou levando.

— Sem trampo?

— Tô sem trampo, só fazendo alguns bicos só, mano, tá difícil.

— Verdade, Careca? Meu, faz assim, me dá uma ficha sua que levo ela pro frigorífico. Tão pegando gente lá e você tá fazendo facul, irmão, vai conseguir um trampo bom lá.

— Puta, demorô! Passa amanhã que já era, te dou a ficha e você leva pra mim.

Sair dessa porra, conhecer novas mulheres e morar sozinho, caralho, que louco que vai ser.

Pisco os olhos e tudo muda. Desbravo a cidade nova com esperanças e algumas fotos velhas na bagagem. É uma chance de mudança. Quem não quer bens materiais, se destacar na multidão, um bom carro (mesmo que financiado com a prestação valendo a metade do salário) ou andar portando ouro e prata, com roupa de grife e vagabundas no pé? O subdesenvolvimento de um lugar se mede pela pequena ambição material. É, eu estava começando a entrar no jogo.

— Oh, Magrelo, vamos fazer um fervo hoje aqui na república?

— Opa, vamos, sim, Carcaça, e que você acha, Tio?

— Ah, cara, arrumando o barraco depois, tá firmeza. Só fala pro Careca não ficar rebolando que nem uma biscate quando tocar funk.

— Vai se fude, Tio, as minas gostam! Danço mesmo e aí, no final da noite, "como" várias, rsrsrsrs.

— Puta, Careca, bem que a gente podia arrumar uma grana pra comprar uns panos pro fervo né?

— É mesmo, Magrelo, com esse salário de merda nem dá pra pagar a corrente de ouro e o pisante da Nike que eu queria, vamos ter que comprar roupa da 25 mesmo.

— Cê tá ficando louco? Pra mim tem que ser patrão, só coisa original. Peraí que vou arrumar um esquema bom pra nós, sem massagem, dinheiro não vai faltar.

Pobreza e regresso intelectual. Sem perspectiva, a única coisa que importava era mulher e dinheiro. Nietzsche era pra mim um velho de bigode e Lênin um tiozinho qualquer. Paradigmas? Meu exemplo agora era o desossador classe A que andava de carro com um som louco, cheio de vagabunda dentro.

— E aí, Carcaça tá curtindo a festa? Tá mil grau, né?

— Vixe, mil grau! Então, Careca, aquela mina tá querendo ferve com você.

— Verdade, mas, e aí, ela vai contar pra minha muié se eu ficar com ela?

— Claro que não. Faz assim, vou falar pra ela ir lá no fundo do barraco, aí já era, ninguém vai ver a cena.

Entre anjos e demônios o arcanjo Miguel perdeu. Traição, mentiras e meu caráter que até hoje não consigo reestruturar. De cabelos curtos descoloridos, pele preta e vestido justo. Salto e cara de santa. São Jorge tentou me defender desse Exu, mas caí. Meses se passaram com a Sandrinha, meses...

— Não quero mais ficar assim, Careca, quero casar, ter um moleque, dar um tempo dessa loucura.

— Mas você me ama a esse ponto, Sandrinha?

— Claro que amo, Careca!

Amor? Por duas vezes tive a certeza de conhecer seu conceito. Hoje sei que é apenas palavra. Falar é fácil... Assumi a porra desse namoro e, mano, hoje sei como Jesus se sentiu quando Judas o traiu e depois o filho da puta ainda o beijou. Ainda bem que Jesus não pegou baba de ninguém ou fez chupeta por tabela. Espero que eu também não, mas com a Sandrinha, vixe... Vai saber!

Festas; dinheiro pra bebidas e pra bancar as putas. A república dos funcionários do frigorífico só tinha patrão. Era tudo nosso, aquela cidadezinha tava dominada. Só que patrão de verdade não é funcionário de ninguém. Já nós...

— Caralho, que vontade de jogar esse celular na parede. Já são cinco da manhã? Puta merda, tô atrasado! Acorda, Tio, tamo atrasado pro trampo.

— Oh, Careca, vai gritar com a sua mãe. Já tô levantando, porra! Nossa, mano, olha que fizeram com o banheiro. A festa foi foda ontem...

— Nossa, Tio, se liga só, o Magrelo com uma mina pelada do lado!

— Caralho, Careca, será que dá tempo de comer ela também?

— Desencana, Tio, que tamo atrasado...

Se o trabalho dignifica o homem? Não sei, só sei que o deixa escravo do tempo, do capital e dos seus desejos. No dia a dia, fica ele lá sem vontade de nada, a não ser a de chegar em casa e dormir. Ou beber e dormir.

— Trampei hoje, hein? Deus me livre, tô morto, nem vou pra facul. Carcaça, amanhã vence o aluguel.

— Firmeza, tá aqui a minha grana e a do Tio.

— E a do Magrelo?

— Vixi, mano, ele sumiu, né?

— Ô, Tio, cadê o Magrelo?

— Olha, ele chegando aí, Careca.

— Firmeza, rapaziada? Ô, Careca, a grana do aluguel deu mi, vou ter que fazer um corre pra ter o dinheiro...

— Caralho, Magrelo, e aquele dinheiro que você recebeu?

— Gastei na porra do fervo, tô devendo pro maluco da biqueira ainda.

— Puta que o pariu, se vira, Magrelo, faz seu corre!

Dois meses de aluguel atrasado. Tava foda, sem comida no barraco e os cascos das festas ao lado da geladeira. Amigo? Nenhum! Namorada? Comigo por diversão. O barraco virou ponto de fervo, festas... Pessoas entravam e saíam, mas ninguém perguntava se a gente precisava de alguma coisa. Não há sinceridade na noite. A história se repetia: de manhã trampo, à noite namorada e fervo. Estudar? Tava difícil, sem ânimo, começando a me cansar.

— Mais um dia de trabalho, hein, Seu João?

— Sim, mais um dia... Ô, Careca, pega a paleteira lá e desloca aquele engradado de costela pra produção, vai.

— Sim, senhor, vou lá.

— Mas vai rápido porque já tá faltando a matéria-prima!

Matadouro, frigorífico, velho filho da puta! Que vontade de grudar na garganta dele. Peguei o tal engradado de 600 quilos no macaco hidráulico e fui empurrando na máquina. "Rápido", gritava o velho. Empurrei na pressa até que durante o carregamento, ao virar, dou de cara com outra paleteira, só que essa com o peso de uma tonelada. Uma tonelada! Caraio, o babaca que tava guiando não me viu e direcionou ela do meu lado. Resultado: minha perna esmagada, rompimento muscular da coxa, artéria femoral quase rompida. Acidente de trabalho.

Desmaiei na hora. O clichê do filme na cabeça. Carcaças no matadouro. Qual o motivo que me fez passar por isso? Sem me arriscar a uma explicação filosófica ou religiosa, a única fundamentação para tal passagem sombria dessa insignificante existência é a chamada cagada humana. A burrada de tentar algo que logo de cara você percebe que não vai dar certo. Assim caguei no próprio pau em ato de malabarismo cujo objetivo era ferrar, por momentos, minha medíocre vida.

Após o acidente, nada de festas, da república, da faculdade. Sem condições de voltar pro pesado no frigorífico. Fiquei como um inútil à espera de um milagre. Esse milagre tinha endereço e nome: minha casa, minha mãe, minha cidadezinha de merda. As saudades daquela rotina besta; o poder das coisas pequenas.

Piquete, SP

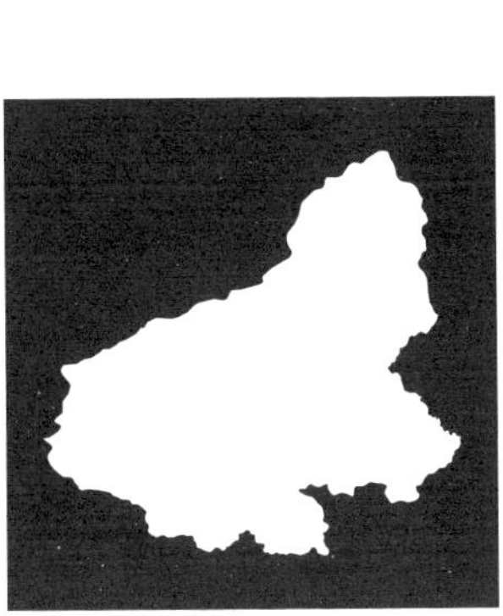

Gilvan Eleutério é escritor, nascido em Piquete e criado na cidade de Penápolis. Foi operador de paleteira, segurança de boate, professor de muay thai, militante estudantil, baterista e rapper. Casado, tem uma filha.

A cidade e os muros

Isabor Quintiere

Houve uma época, naquela cidadezinha, em que nenhum pedaço de chão era proibido. Os pés podiam se deslocar como bem entendessem pelas ruas, que ainda eram de terra, e pelos morros, que ainda eram de todos. Perder-se era um direito universal: nada impedia o sumiço no meio do mato, só findado na manhã seguinte, ou a escolha de qualquer espaço para namorar sob as estrelas – que, na ausência de muitas luzes terrestres com as quais competir, brilhavam mais ainda. Naquele tempo o mundo era mais vasto e, ao mesmo tempo, infinitamente mais percorrível, sem limites além daqueles indicados pelas placas entre um município e outro. Com um bom par de pés, ou mesmo com um só e uma bengala, ou mesmo nas costas de um cavalo ou de um jumento, aos moradores era assegurada a liberdade constitucional e irrefreável de ir e vir pelos espaços do pedaço de universo onde nasceram.

Foi assim até que uma nova palavra se infiltrou na cidadezinha. Quando apareceu pela primeira vez, ela já trouxe consigo uma longa cerca, como se uma coisa fosse inseparável da outra. Foi descoberta por Amália, filha de Seu Luís, em um passeio pelo morro mais verde dos arredores: queria subir lá para ficar sob a árvore frondosa e aproveitar a vista da cidade, tão bonita ali de cima. Seus planos foram desfeitos pela cerca, alta demais e perfurante demais para que se pudesse arriscar atravessá-la. Em uma placa, lia-se a palavra recém-chegada: condomínio.

Amália caminhou por um bom tempo, buscando o fim da cerca, mas não o encontrou: um espaço enorme havia sido engolido pela palavra. Já não era mais o lugar onde as pessoas iam para ver a cidade e fazer piqueniques, ou para admirar o por do sol e tocar violão, ou para paquerar a filha do padeiro ou a filha da costureira sob a grande árvore – era agora um terreno, e pior, um terreno proibido, que é o tipo mais triste de todos. Amália olhou por entre os arames, avistou a árvore frondosa e sentiu uma tristeza inédita. Até então, ela não imaginava que havia algo como a última vez em que se pisa algum pedaço de chão.

A cerca logo deu lugar a um alto muro, que deixava de fora até mesmo os olhares curiosos da gente da cidade. Ali, disseram, começaram a construir casas palaciais, onde viveriam os condôminos. Para penetrar aquela fortaleza, era preciso, antes de tudo, ser portador desse título misterioso que somente forasteiros poderiam carregar. Foi assim que o povo da cidade, sendo povo da cidade e não forasteiro, nunca mais pôde ver a árvore frondosa, ou mesmo as suas próprias casinhas e a igreja ao longe. Acabaram-se as vezes em que se podia apontar em uma direção qualquer lá de cima e dizer: olha, lá vem Tião, descendo a ladeira com a carroça! As pessoas que agora detinham os direitos à visão da cidade das alturas não poderiam reconhecer Tião ou sua carroça, ou qualquer outra coisa lá de cima. Poderiam apenas, talvez, desfrutar do vento, da beleza do por do sol, e pacificamente ignorar o que houvesse mais abaixo.

Muitas teorias começaram a ser criadas a respeito dos misteriosos condôminos, de quem tanto se ouvia falar, mas tão pouco se via, pois viviam restritos à terra proibida. As crianças da cidade começaram a imaginar que eram criaturas muito feias, ou então que se tratava de doentes e leprosos, que precisavam viver afastados para não contagiar os demais. Isso explicaria por que se moviam apenas em carros fechados, com os vidros escuros, sem sequer botar uma mão para fora e dar bom dia aos outros moradores. Talvez o condomínio não passasse de um grande hospital, onde os enfermos iam passar seus últimos dias. Para as crianças como Amália, isso fazia todo o sentido, e passaram a ter menos rancor e mais pena daqueles pobres ilhados. Foram capazes até mesmo de perdoá-los pela tomada do morro – afinal, prestes a morrer, quem não iria querer desfrutar de uma bela vista todos os dias?

A teoria foi esquecida quando a Senhora Margarida, octogenária mãe de Seu Heitor, começou a definhar e, ao ser levada pelos familiares e amigos até o condomínio, onde esperavam que ela seria aceita para morrer confortavelmente como os outros, teve sua entrada negada por uma voz incorpórea, vinda de um aparelho tecnológico numa parede: "Apenas condôminos", é o que dizia. O grande portão de entrada não se moveu um centímetro. Partiram todos de volta à cidade e a Senhora Margarida faleceu poucos dias depois, lotando o pequeno cemitério de velhos amigos e queridos parentes enlutados.

Em questão de alguns meses, veio a notícia: dezenas de quilômetros ao redor da belíssima Lagoa das Garças estavam cercados. Não era mais permitido banhar-se ali, como se fazia nos feriados e nos finais de semana de verão. Revoltosos com tão grande perda, os moradores da cidadezinha se uniram e foram todos bater à porta do Prefeito, um homem corpulento e de cinismo escancarado, que, ainda de pijama, garantiu à horda infeliz que o que fazia era por um bom motivo: geração de empregos. Com a construção do novo condomínio, muitos cidadãos poderiam trabalhar ali e receber salários gordos.

Não mentiu: pouco depois do novo muro ter se erguido e dos novos carros de janelas escuras atravessarem a cidade levando consigo invisíveis condôminos, começaram a ser recrutados jovens e velhos moradores para trabalhar como vigias, guardas, jardineiros, faxineiras, o que fosse. No primeiro dia de trabalho de todos eles, a cidadezinha aguardou seu retorno com impaciência – queriam os relatos do que havia lá dentro. Amália era uma das que esperava: seu querido pai Luís, até então desempregado, havia sido contratado para fazer a limpeza. Durante todo o dia, ela se perguntava se ele teria voltado a entrar na Lagoa das Garças, como os dois costumavam fazer nas férias. Quando ele retornou, Amália percebeu pelo seu semblante que a lagoa havia se tornado terreno proibido até para ele, que atravessara a fortaleza. De fato, ele explicou que só podia se aproximar para limpar ao redor da água, recolhendo os lixos deixados pelos condôminos, mas que havia sido terminantemente proibido de sequer molhar os pés.

— Deve ser porque eles não querem que tu se contamine com a água em que eles entraram, já que tão tudo doente – cogitou Amália.

Sentado no sofá, ainda de uniforme, Luís sacudiu a cabeça, exausto por alguma outra razão que não a física.

— Não tão doentes, não, Amalinha. Tão tudo muito é bem. Melhor que nós.

Luís continuou saindo de sua casa para o trabalho junto ao canto do galo, retornando apenas ao cair do dia, seis dias por semana. Em pouco tempo, construíram outro condomínio, dessa vez onde havia um riachinho com uma bela ponte e uma área de mata fechada na qual as crianças se aventuravam, assim como todos os que já foram crianças um dia. O Prefeito ignorou os protestos: novamente, fazia tudo isso com o intuito de gerar mais empregos para a população. Os moradores contratados para o novo condomínio podiam voltar a olhar a mata onde brincaram a vida inteira, porém sem se aproximar ou mesmo se distrair com ela, pois agora ela circundava um grande campo do estranho esporte chamado golfe e era preciso estar atento para os pedidos dos condôminos, quando estes precisavam de mais água mineral ou de uma substituição de tacos para a próxima jogada.

O golpe mais inesperado veio de dentro: Seu Heitor, o filho da falecida Senhora Margarida, havia vendido sua granja e convencido alguns vizinhos a fazer o mesmo. O terreno, juntamente a um espaço de mata que havia por trás dele, passaria então a abrigar um condomínio de porte menor, porém tão luxuoso e de muros tão altos quanto os demais. Amália revoltou-se junto aos outros habitantes com a notícia, mas Heitor não voltou atrás: apesar de nervoso por ser recriminado por seus companheiros, ele argumentava com seriedade que após a morte da mãe já não tinha motivo algum para continuar na cidade. Iria pegar o dinheiro da venda e se mudar para a capital, onde a filha poderia estudar em algum bom colégio.

Fez bem, pois não demorou para que o amplo espaço que abarcava a escola da cidade fosse vendido e igualmente cercado. Em seu lugar, brotaram novos muros e, por trás deles, o que diziam ser o mais belo condomínio. Depois vieram outros, ocupando os territórios das lembranças mais doces dos moradores, construindo rústicas mansões onde antes havia as casas e as granjas das famílias, borbulhando de condôminos misteriosos cujos rostos só os trabalhadores haviam visto, e mesmo assim perpendicularmente, pois eram aconselhados a manter os olhos baixos e a voz mansa no trato dos clientes.

O Prefeito passou a ir até as casas de determinados bairros para comprá-las, oferecendo quantias altas demais para serem recusadas. Com o tempo, demoliram-se os bairros, asfaltaram-se as ruas, passaram por cima do cemitério sem dar voz aos gritos e às lamentações dos vivos. Muitos moradores venderam seus lares e abandonaram a cidade, outros também venderam seus lares, mas tornaram-se condôminos, e assim passaram a existir só por trás dos muitos muros que estreitavam aquela cidade antes tão infinita.

Resta agora só Amália. Nem mesmo seu pai compartilha daquela casa mais; seus horários de trabalho no condomínio cresceram de tal forma que ele passou a dormir por lá mesmo, e já faz meses que não volta. Talvez tenha se perdido, incapaz de encontrar o caminho que o levaria até o espaço onde morou a vida inteira, onde moraram seus pais, seus avós e os avós deles, e onde em breve morarão novos condôminos com os quais ele nunca teve qualquer laço sanguíneo.

Sentada na cozinha, Amália olha pela janela mais próxima e só vê, ao longe, uma cerca. Olha para a janela oposta – também uma cerca. O horizonte não existe, coberto pelo cinza impenetrável de um muro de concreto. Muito magra, porque há tempos já não encontrava o caminho de uma padaria ou de uma feira e, agora, porque se recusa a sequer sair de casa, Amália toma um lento gole de café amanhecido. À porta, soam batidas fortes, consistentes, abafadas pelo som cada vez mais próximo de um trator. A voz do Prefeito surge em um megafone, e Amália pacientemente o ouve dizer o que ela já sabe: que em algum lugar, por trás dos vidros escuros de grandes carros, os novos condôminos já não querem mais esperar para ocupar o último lote.

Amália não tem pressa em pousar a xícara vazia sobre a mesa, mesmo com a proximidade do ronco do trator. Não se move dali. Naquele pedaço de mundo ela ainda pode pisar por mais alguns segundos, e fará bom proveito deles. Estica bem os pés, move os dedinhos. Então é botada abaixo a porta da frente, e logo não há mais nada da cidadezinha além do chão – capinado, triturado, asfaltado, artificializado, comprimido, passado por cima – que um dia, em um início liberto e remoto, não conheceu muro algum.

João Pessoa, PB

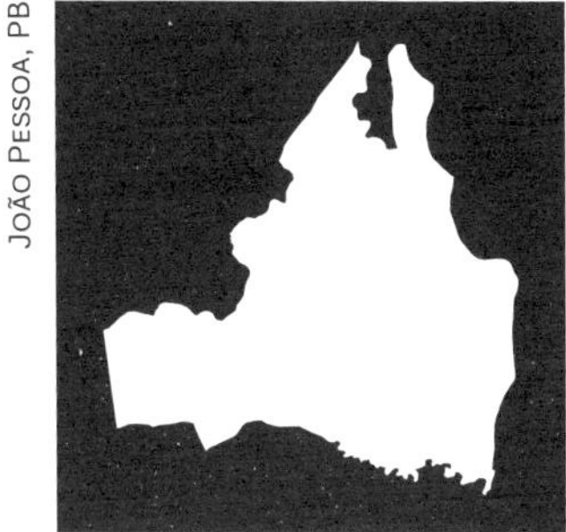

Isabor Quintiere nasceu em João Pessoa, PB. É graduada em Letras – Inglês pela UFPB, onde faz mestrado. Autora de *A cor humana* (Escaleras, 2018), encontra inspiração na literatura fantástica latino-americana e na ficção científica. Em 2019, recebeu o Prêmio Odisseia de Literatura Fantástica por *Madres*.

A besta

FRED DI GIACOMO

Sucedeu-se que despertaram emendadas, de tal forma, a avó e a mãe que passaram a ter problemas práticos com os quais lidar, tais como cumprir os deveres matrimoniais sem decorrer em terrível incesto ou evitar que a combinação dos remédios para pressão e para o coração, de uma, não interagisse de forma fatal com os antidepressivos e a reposição hormonal da outra. E, transubstanciadas, assim, em uma besta-fera de aparência não muito recomendada para convívio humano, ainda mais levando-se em conta o fato de residirem em cidade pequena, lar de 13.433 almas, decidiram não mais sair de casa, restando à neta Primogênita os cuidados com a casa e com os ganhos, já que o resto dos habitantes daquela chácara compunha-se de um avô paralítico e dois netos de pouca serventia sendo um deles a Caçula, pequena demais, e o Outro – sutilmente desmiolado.

Os vizinhos, que se aglomeravam às margens do Rio dos Patos, não notaram a ausência da avó, que costumava oferecer a face ao sol apenas em domingos de missa, mas sentiram, no entanto, falta da mãe, mulher vaidosa e tagarela, que competia com a Primogênita em matéria de beleza e andava solitária com as viagens constantes do marido pródigo. Deste Pai diremos, no momento, que um dia retornará à casa e aos três filhos, prole que se acostumara mais à foto do patriarca pregada na geladeira, ainda jovem e pouco calvo, do que à sua presença física ou aos seus possíveis conselhos.

E como tinham fome, e a fome não era pouca, decidiram as duas cabeças habitantes do corpo monstruoso, certa tarde, que devorariam o avô paralítico, num momento de descuido do neto abestado, em que a Primogênita ganhava a vida na cidade, sabe-se lá como, mas espera-se que de forma honesta em que honrasse todas as orações que a avó desprendera ao longo de 85 anos, cada um deles composto de cerca de 53 domingos de missas.

Orações, infelizmente, que se mostraram incapazes de prevenir a estranha enfermidade que se abatera sobre aquela família; faunos tropicais que se equilibravam em motos CB, acalentavam-se em festas de peão e informavam-se com celulares importados, porque a cidade era pequena e o dinheiro pouco, mas o povo tinha gula de saber. E, como o assunto era gula, devoraram mãe e filha o avô paralítico que insistia, apesar das pernas mortas, em esfregar-se na dupla lascivamente, além de passar horas assobiando, deselegante, para as meninas da escola municipal. E ficou sabendo-se que o manjar foi bom, mas o avô não se deixou digerir e passou, ele também, a ser parte daquela trindade monstruosa que se arrastava pela casa esbarrando, ora em móveis e no filtro de barro São João decorado com trabalho de tricô; ora no vira-lata caramelo e nas galinhas que ciscavam aterrorizadas no terreiro.

Corria já a terceira semana, quando o bestial tríptico passou a ditar as regras na casa e já não queria mais esconder-se do mundo, o que botou em pânico a neta Primogênita. E disse a Primogênita às estrelas e ao pasto que seu sonho sempre fora trilhar os caminhos vastos do mundo e nunca criar raízes em qualquer lugar que fosse, quanto mais naquela cidadezinha medíocre em que plantando tudo se acaba em mofo, pó e mesmice. Também confessou a Primogênita que nunca fora apegada à fé, à terra e ao sangue e que sentia que asas poderiam explodir de suas costas a qualquer momento. Ainda se pode afirmar sem prejuízo com a verdade, que tinha essa Primogênita sonhos premonitórios com terras distantes que sabia serem seu destino natural. E era, ela, amiga dos livros de toda espécie e dos caixeiros-viajantes, antes mesmo de desbravar o mundo na tela gasta de seu celular comprado em 12 prestações.

Diante do tempo que escorre invisível, sonhava a Primogênita apresentar seu corpo bronze aos mistérios do mar, distante 600 quilômetros daquele cerrado seco e triste que soterrava milhares de fantasmas das nações kaingangs, oti-xavantes e guaranis, mortos em apenas 20 anos pela serpente metálica do progresso. E, em verdade, precisa-se dizer que, se pudesse encontrar-se com o mar, a menina que via cores no cinza da vida, estaria salva. Quem sabe até encontrasse alguém que a libertasse daquela mesmice e lhe servisse de dupla, sem nunca lhe impor a servidão de suas vontades como fazia o terrível monosser.

Mas, ouve quem tem ouvidos para ouvir, o sangue rege o destino dos homens, como o sol rege o movimento dos planetas. Daí que, passada a quarta semana, só restavam naquela chácara Primogênita e a bebê, Caçula, a salvo do monstro que rastejava, agora, com oito pés e confundia-se confuso com quatro cabeças, cada uma apontando para um ponto cardeal.

Falavam, tais cabeças, línguas desconhecidas, assim como idolatravam ídolos mortos, digladiando noite e dia numa Babel familiar, mas nunca concordando com ninguém que lhes fosse estrangeiro em sangue. E recusava-se a Besta de quatro faces a devorar outros que não fossem de sua linhagem, assim como ria das orações do padre, das ervas da benzedeira e das mandingas de Mãe Maior. E, seja no crepúsculo ou no anoitecer, havia sempre uma cabeça desperta maldizendo os que com ela não estavam fundidos e apontando em suas atitudes pecados mortais.

A Primogênita e a criança eram a esperança do novo. Traçavam em velhos cadernos os planos de sua fuga, deixando na aridez natal – mato devorado por café, café devorado pela cana – o sangue, os vícios e as velhas histórias repetidas à exaustão pelo monosser que não se sabia vó, vô, mãe ou filho. E, ainda que a Primogênita arasse a terra, lidasse com as galinhas e os porcos, coalhasse o leite e vendesse os víveres na cidade, trazendo moedas e notícias para sua prisão nuclear, ela nunca era boa o suficiente. Seu desleixo com o cabelo, sua barriga saliente, sua falta de um companheiro que lhe plantasse um herdeiro no ventre para alimentar a Besta eram motivos de surras, de sermões e de terríveis comparações.

Numa manhã de exaustão, a Primogênita dormiu após o cantar do galo e não percebeu que Caçula engatinhava rumo à quimera faminta que absorvia ossos e músculos em sua deforme composição. Armada com seus olhos ingênuos de bebê e o riso gorducho, a criança não pôde decifrar a Besta sendo, então, devorada.

Mirar por segundos aquele horror disforme composto, agora, de cinco cabeças era enlouquecedor. Mostrando-se o destino implacável e qualquer esperança morta, rendeu-se a Primogênita ao ser das cinco vozes – ora harmoniosas, ora cacofônicas – oferecendo em holocausto a dor do inevitável.

Olhos de nenê em crânio de idosos. Pernas com varizes, procurando seguir o ritmo de canelas jovens. Para que se erguesse do mar a fera, era necessário um último sacrifício. Ruminava tarde modorrenta na boca do tempo, em que o chão ardia verão extremo e seco do oeste. O Pai pródigo aproximava-se da casa abandonada.

Não restava mais ali qualquer Primogênita, par de asas ou sonho. A massa disforme caminhava, faminta e desejosa em direção ao Pai, que sempre vivera pelo mundo, aventurando-se livre das correntes que prendiam suas mulheres. Era ele o progenitor da Caçula, do Outro e da Primogênita.

Arisco, ergueu o Pai o machado que lhe servia para apanhar lenha. A lâmina afiada golpeou a Besta seis vezes, sem que lhe decepasse uma cabeça sequer. Combatida a batalha inútil, extinguiu-se a ilusão do Patriarca. Os germes do eterno circular cobravam sua generosidade.

Reinou, então, estável sobre o mesmo, a besta de 7 cabeças. Nada naquele sertão haveria de brotar inédito. O sangue, afinal, vigorava sobre o desejo.

Penápolis, SP

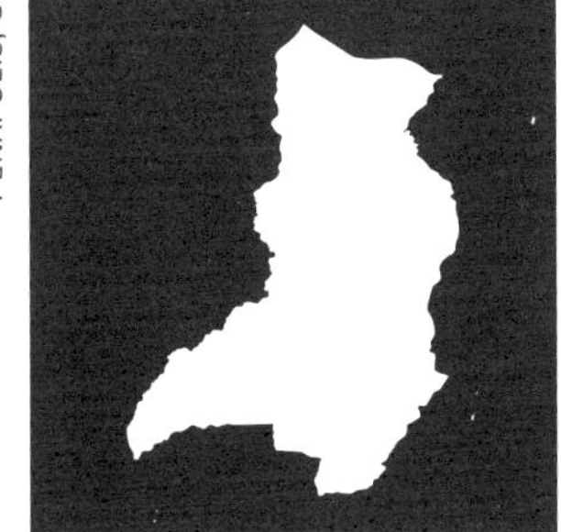

Fred Di Giacomo é escritor, jornalista e editor caipira. Nasceu e criou-se onde o córrego Maria Chica faz morada, oeste paulista. Autor de *Desamparo*, finalista do Prêmio São Paulo de Literatura, e também de canções para a Bedibê, contos e games. Colunista do UOL, coordenou o guia gastronômico *Prato Firmeza*, finalista do Prêmio Jabuti. Cursa doutorado em literatura e cultura latino-americanas na Freie Universität – Berlin.

Pra se pendurar no ombro esquerdo

JARID ARRAES

Já faz é tempo que não saio de casa e não participo de reza, nem de aniversário, batizado, noivado, casamento, tanto faz a ordem dos fatos da vida, tanto faz o tamanho do menino, já faz é tempo que não me chamam pra benzer, pra tirar coisa ou botar coisa, pra fazer parte. Eu fico só em casa, só olhando pela janela da cozinha o quintal cheio de galinha e pinto. Galinha de toda cor, pinto de todo jeito, dois ou três galos e um desses galos é o mais brabo.

Ela deixou um pano de prato bordado. Gostava de pano de prato como se fosse mulher que guarda joia numa caixa enfeitada. Cada pano era feito um colar, um brinco, um anel com pedra. Pano com bico, tricô, com aquelas pinturas da Bíblia. Eu lembro de uma pintura que dizia que ninguém caminha pelo vale da sombra da morte sozinho. Mas eu não decorei direito, depois fiquei pensando se a gente escolhe a companhia da caminhada ou se Deus manda um compadre, um parente, um anjo ou Jesus. Se eu tivesse que andar pela sombra da morte, e de vez em quando eu penso que andei e aí afasto o pensamento, eu queria ter algum dizer e apontar pra ela, Mãezinha. Ela com certeza chegaria com um pano de prato pendurado no ombro esquerdo. Aquele espírito avexado de quem procura alguma coisa pra fazer, porque ficar encostada parece errado.

Quando ela foi pra longe de mim, eu apostei com Deus que meu corpo ia ficar vazio do meu miolo. Eu rezava pelo menos três vezes por dia ameaçando Nosso Senhor, dizendo que ou essa agonia passava, ou então eu ia mimbora desse planeta. Achava inteligente falar com Deus usando as palavras que meu neto me ensinava. Planeta, direito, existência, contradições. Meu neto sentava na cadeira de balanço do meu lado e falava pra mim que a morte era injusta, porque tudo que tinha sido prometido pra gente, a gente que passa a vida rezando montando altar deixando a Bíblia aberta em Salmo indo pra missa, tudo que tinha sido prometido pra gente não se tem como provar que foi entregue. E por isso Mãezinha podia até ter encontrado Nossa Senhora, mas também podia só ter morrido, só acabado tudo, e não tinha recompensa nenhuma e nem como atestar. Me deixou pra trás e assim findou. Tão duro quanto todo dia em que acordo e tenho oito galinhas ciscando e nenhum ovo pra fritar.

Depois que Mãezinha morreu, meu neto veio todo dia por dois meses. Além de conversar comigo e tentar me ensinar essas palavras, me ajudava a fazer o almoço, lavava o quintal e cuidava das galinhas. Trocava as velas, mesmo que não acreditasse em vela, e me ajudava a escolher uma roupa pra usar depois do banho. Não me deixava ficar malamanhada. Dizia que eu era vó boa demais pra que o miolo fosse abandonado. Mas meu miolo ficou firme e Deus não pareceu se importar. Não respondeu, continuou existindo ou não existindo. Do jeito que meu neto explicou. E eu continuei acreditando, do jeito que Mãezinha ensinou.

Só me apeguei a esse pano de prato, um novinho, um que ela começou a usar pouco tempo antes de morrer. No meio de tanto pano desbotado, furado, que já não enxugava água nenhuma, tinha lá aquele pano tão lindo com pelo menos cinco linhas de cores diferentes. Alegres como os domingos de Mãezinha. Domingos únicos na nossa vida, quando ela comprava cajuína ou fazia mucunzá ou levava a gente pro circo depois da missa. O pano era mesmo que ver o rosto de Mãezinha dando risada.

Fiquei um tempo tentando lembrar de como ela conseguiu aquele pano. Perguntei pra algumas vizinhas, mas nenhuma delas bordava daquele jeito.

Um pouco do meu sumiço foi por isso também. Ninguém daquela ladeira tão grande tinha feito parte do pedaço de coisa que ainda me botava junta com Mãezinha. Ninguém se importava. E aí eu percebi que eu também era chamada feito um padre, só que sem a batina, sem a igreja, o dinheiro e a segurança. Todo mundo era muito ligeiro pra me chamar quando tava baqueado, sempre me queriam pra quebrar coisa isso e olho aquilo, mas me colocavam numa distância estranha. Do nada, era como se ninguém me conhecesse de verdade e nem se importasse com Mãezinha, muito menos com minha tristeza. E como ninguém sabia, ninguém viu, ninguém tava nem aí, eu me tranquei com meu incômodo.

E também me incomodava a sensação de que Mãezinha poderia ter comprado esse pano de alguma romeira desconhecida, alguma que subia nossa rua pra chegar até o Horto. Uma estranha, um contato ligeiro. Talvez pra Mãezinha aquele pano não representasse quase nada, fosse só mais um pano, que nem aquele pano do mais barato com pintura de passarinho, só pra enxugar os pratos de todo dia. Mas pra mim significava o mundo e o além do mundo. Além do planeta e das contradições. Mais que a ameaça que fiz contra Deus e que perdi.

Meu neto disse que deixo as coisas pesadas demais. Foi assim que ele falou. Disse que eu posso achar esse pano a coisa mais importante que existe, mesmo que Mãezinha tenha comprado só pra ajudar a romeira. E que uma ajuda, ainda mais pra alguém tão precisado, é uma coisa muito forte. Então talvez meu neto tenha razão.

Quando eu era moça, quando me enrabichava pra namorar, Mãezinha descobriu uma dessas paqueras escondidas. Tive que me confessar, rezar tanto Pai-Nosso e Ave-Maria que chega os joelhos ficaram roxos. E depois que toda essa parte acabou, ela me botou de pé na calçada de casa, com o pote de barro do lado, cheio de água, oferecendo aos romeiros que subiam a ladeira.

Foi um dia inteiro de Deus te abençoe Nossa Senhora te dê saúde Deus lhe proteja e tanto bendizer e oração e agradecimento e sorriso que me senti até mal. Quando minha penitência acabou e deitei a cabeça na cama pra dormir, eu só conseguia ver aquele monte de cara de romeiro sorrindo pra mim, arqueando as sobrancelhas em expressões de agradecimento humilde, me enxergando como uma pessoa enviada por Padre Cícero.

Pra romeira que vendeu o pano de prato bordado, tão lindo o bordado, Mãezinha pode ter sido uma das pessoas que tinha aquele pote de água na ladeira. Era exatamente o que ela precisava pra caminhar mais trezentos metros, chegar lá, arrodear a bengala da estátua, escrever o nome nela, pagar a promessa ou prometer pela graça, conhecer Juazeiro inteiro.

Então encontrei esse conforto religioso puxando as palavras do meu neto junto com as contas do meu terço. A conversa repetida com Deus era um jeito de agradecer um pouquinho, porque, pelo menos, eu tinha aprendido uma história nova sobre Mãezinha. Uma história que eu não tinha visto e que, por isso, era mais nova ainda. Mas aí, quando o costume do terço quase me levava até meu topo pra escrever nome, sobrenome, mensagem de fé, quando eu quase dava nó no meu pulso com uma fitinha amarela, meu neto abriu a porta de casa e contou tudo como se fosse coisa boa, pensando que eu queria saber, porque até ontem eu queria mesmo. E o que ele contou foi que o pano de prato era da mãe dele. Mainha, não Mãezinha. E tinha sido esquecido lá, quando ela levou pra mostrar, dizendo olha como é, olha que lindo esse bordado. Era um bordado muito bonito mesmo.

Mandei que levasse, vá simbora, leve o pano de sua mãe, o pano de sua casa, não é de Mãezinha, é de outra água que precisa ser enxuta, não é de meu copo de alumínio, é de seu copo de vidro. Muito obrigada, diga a ela, minha filha, filha boa, meu neto, Deus abençoe, Nossa Senhora dê juízo, Amém.

Mas que tristeza que me dá agora, porque Mãezinha foi pra um longe que eu posso nunca acompanhar o passo. Tava velha, eu sei. Pode todo mundo falar da idade, idade já passada muito do ponto, viveu foi muito, viveu foi bem. Mas era Mãezinha. E tenho as roupas, os sapatos pretos da missa, a chinela de ficar em casa, tenho o perfume da loja do shopping que ela ganhou no Natal. A casa está como ela quis, cada móvel, cada panela no armário. Mas o que eu sentia mais dela era o pano e a história que inventei sobre o pano. Aquele bordado com uma cesta de fruta e um laço vermelho.

A coisa mais besta, a coisa mais presente. A coisa que se pendurava no seu ombro esquerdo. Como criança se pendura pra chorar, pra dormir, pra ter o miolo nutrido.

JUAZEIRO DO NORTE, CE

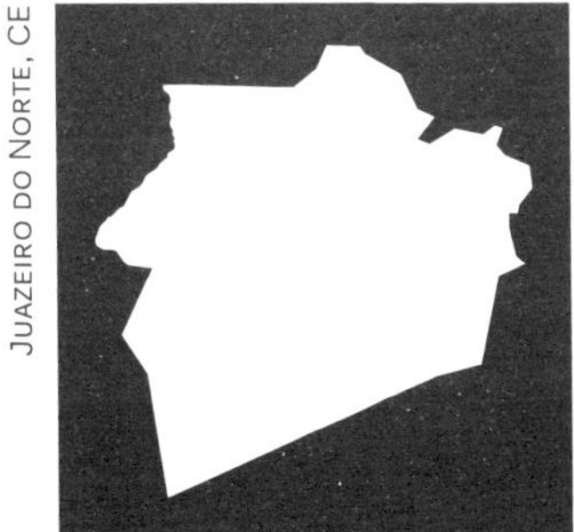

JARID ARRAES nasceu em Juazeiro do Norte, na região do Cariri, CE. É escritora, cordelista, poeta e autora do premiado *Redemoinho em dia quente*, vencedor do APCA de literatura e do prêmio Biblioteca Nacional, e dos livros *Um buraco com meu nome*, *As lendas de Dandara* e *Heroínas negras brasileiras em 15 cordéis*. Atualmente vive em São Paulo.

A terra dos pássaros-pretos

Marcelo Maluf

Nada no mundo me perturba mais do que quando alguém, com as mãos sujas, dobra uma folha de papel sulfite e faz um vinco com as unhas. O som da folha em contato com as unhas me deixa arrepiado o dia inteiro como um gato que se sente ameaçado. Nesses momentos eu imagino que estou debaixo de uma cachoeira, o som das águas cobrindo o som do atrito das unhas sujas em contato com a folha, limpando o meu corpo das possíveis camadas daquele som da sujeira que ficou alojado entre a unha e a carne de algum infeliz que resolveu, numa manhã qualquer, destruir o meu dia com o seu gesto insuportável de, com as mãos sujas, dobrar e fazer um vinco com as unhas numa folha de papel sulfite.

Fico me lembrando dos nomes das meninas de quem eu levava várias surras no colégio quando eu tinha oito anos de idade: Leca, Vanessa, Sandrona, Martinha, Drica, Bel e Verinha. Da Verinha é que eu apanhava mais, ela me batia na barriga com seu tamanquinho de madeira. É claro que elas estavam sempre organizadas, uma gangue de meninas. Enquanto a Verinha me batia, as outras me seguravam pelos pés e pelas mãos. Eu costumava apanhar calado, não era sempre que dava para gritar, mas era muito bom quando eu conseguia. Depois que eu me cansava de apanhar, eu reunia toda a minha dor dentro de um grito. As meninas me largavam no chão e saíam correndo. Um grito poderoso geralmente é dado com notas desafinadas. Não se deve gritar afinado caso esteja pedindo socorro, é provável que ninguém venha te socorrer, pensando se tratar de um ensaio de ópera ou coisa parecida. Por isso eu grito, para tentar espantar aquele som produzido pelo contato das unhas sujas com a folha de papel sulfite. E se mesmo assim o som não me deixa em paz, eu me lembro do meu avô quando colocava seu cachorro pequinês no capô da sua *Brasília* vermelha enquanto fazia a barba em frente ao espelho retrovisor. Vestia um capacete desses que se usa em construção e ficava sentado numa cadeira de praia numa pracinha perto da sua casa. De vez em quando eu ficava ali com ele. Eu o ajudava a lavar a *Brasília* e o pequinês. Ele também tinha a mania de distribuir gomos de linguiça para as crianças na rua. Alguns avôs distribuem balas e chicletes, o meu distribuía gomos de linguiça. Eu tento me lembrar disso na esperança de que o som da minha risada encubra o som do atrito das unhas sujas em contato com a folha de sulfite. Mas nem mesmo essa lembrança boa era capaz de fazer o som se dissipar. E é por isso que, talvez, eu nunca tenha me sentido como alguém que seja bem-vindo a esse mundo. Eu queria comprar um daqueles capachos de pôr em frente da porta das casas e andar com ele na mochila e toda vez que eu encontrasse alguém de quem eu gostasse ou me simpatizasse, eu colocaria o tapete aos meus pés virado para a pessoa: "Seja bem-vindo". O tapete romperia qualquer fronteira possível entre mim e ela. Mas a porcaria toda é que as pessoas amam as folhas de sulfite e as suas unhas em contato com as folhas.

Eu nunca me senti habitante de nenhum lugar, nem nunca fui recebido por ninguém com um tapete desses. "Tem coisas que você não pode fazer, meu filho, é preciso respeitar a fronteira que existe entre você e outra pessoa!", mamãe dizia. Só porque quando eu tinha quinze anos eu me encontrei com a Verinha na rua e perguntei se ela se lembrava de quando me batia na barriga com seu tamanquinho de madeira. E ela me disse que não, que era tudo coisa da minha cabeça e depois tirou da bolsa uma folha de sulfite e dobrou, fez um vinco na folha com as unhas. Eu tentei não ouvir aquele som, eu achava a Verinha muito bonita e eu ainda não tinha beijado ninguém. Eu pensei que se beijasse a Verinha, os nossos lábios juntos pudessem abafar o som. Eu pedi um beijo e ela negou. O som cada vez mais intenso. Eu olhei para as unhas dela e estavam sujas. Então eu a beijei. Ela me empurrou tentando se soltar dos meus braços. O meu colar de prata com um crucifixo se enroscou na roupa dela. Eu gostava muito daquele colar, meu avô é quem tinha me dado. Puxei-o de volta com força e, sem querer, rasguei o seu vestido. A Verinha ficou só de calcinha e sutiã no meio da rua. Ela gritou um grito bem desafinado. Eu não entendi nada, eu só estava tentando quebrar a barreira ridícula que existe entre uma pessoa e outra. A Verinha me conhecia muito bem. Nós éramos colegas de escola. Eu não vi nada de mais. Fui parar na delegacia. O fato de o vestido dela ter rasgado foi um acidente. O que eu sei é que pela primeira vez eu tinha conseguido deixar de ouvir aquele som maldito.

Outra coisa que me ajuda quando o arrepio causado pelo atrito da folha de sulfite com as unhas sujas não me abandona é jogar *War* sozinho. Eu mesmo ataco, conquisto e domino países, eu sou ao mesmo tempo o país dominador e o dominado. Pra ver se o som desaparece. Ao mesmo tempo sinto uma irritação que eu não consigo explicar de onde vem. E depois eu durmo ou desmaio. Acordo no dia seguinte e não me lembro de nada depois que comecei a sentir a irritação. Eu sempre me esqueço das coisas quando alguém com as mãos sujas dobra e faz um vinco com as unhas numa folha de sulfite.

Quando isso me acontece, eu me lembro do limoeiro que tinha na casa do meu tio. Eu gostava de ir para lá e ficar esperando o pássaro-preto pousar e bicar alguns limões. O passo-preto, como dizia minha avó. Ele ficava bicando e jogando alguns limões no chão, apenas por diversão, isso era o que eu achava. Certa vez fui à casa do meu tio e descobri que os limões que ficavam no chão apodreciam e serviam de alimento aos vermes que vinham do fundo da terra. Eu pensava que o pássaro-preto só fazia aquilo para garantir um novo pé de limão, distribuindo as sementes no solo. Mas não. Muitos anos depois vi brotarem ali, entre os limões, folhas de sulfite e mãos sujas fazendo vinco com as unhas no papel, produzindo aquele som sinistro. Era um domingo e estávamos eu, minha mãe e meu pai almoçando na casa do meu tio. Eu me lembro de pegar a foice na garagem e cortar tudo, as mãos e os papéis. O sangue pintava os limões de vermelho. Eu achei aquilo bonito.

O meu tio veio me visitar ontem e me disse que nunca teve nenhum pássaro-preto, nem limoeiro, nem árvore com folha de sulfite e mãos sujas fazendo vinco com as unhas, nem um som maldito. "Nem um som maldito!", ele gritou, bem desafinado. Ele gritava comigo enquanto dobrava uma folha de sulfite e fazia um vinco com as unhas. As unhas dele estavam sujas. O silêncio só voltou a habitar o meu corpo depois que eu vi o pássaro-preto bicando a cabeça do meu tio, como se a cabeça dele fosse um limão. O sangue escorrendo.

Quando eu vi o pássaro-preto voando dentro do quarto, eu disse que era para ele tomar cuidado. O pássaro-preto também tinha bicado a cabeça da minha mãe e do meu pai no dia do almoço. Eu tenho medo de que ele venha me pegar um dia, mas parece que ele gosta de mim. Outro dia ele entrou aqui no quarto de novo e cantou uma música linda, aquilo sim era um som belo de se ouvir. Eu disse pra moça simpática de branco que vem me visitar, que quando eu sair daqui, eu quero morar na terra dos pássaros-pretos. Ela se parece com a Verinha. Imagina só acordar ouvindo o canto de centenas deles. Ela sorriu. Eu só não sei como é que vou fazer para chegar lá. Talvez eu possa ir correndo atrás de um pássaro, quem sabe, e descobrir o caminho. É tão bonito ver o pássaro-preto voando. Eu acho que eu seria bem feliz na terra dos pássaros-pretos. "Se você quiser, pode vir comigo", eu disse a ela. Imagino que a terra dos pássaros- pretos seja um imenso campo de limoeiros.

Santa Bárbara D'Oeste, SP

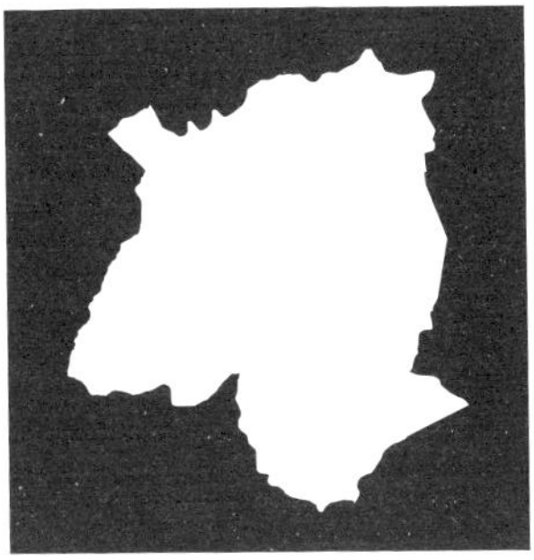

Marcelo Maluf é autor do infantil *As mil e uma histórias de Manuela* (Autêntica, 2013) e do romance *A imensidão íntima dos carneiros* (Reformatório, 2015), vencedor do Prêmio São Paulo de Literatura (2016), entre outros. Nasceu em Santa Bárbara D´Oeste e vive em São Paulo.

Uma vaca e dois bezerros

MAYA FALKS

Enterramos a nonna.

Foi uma cerimônia simples como tudo tinha sido na vida de vó Gervásia, a nonna Gê. Tio Deoclécio quis enterrar a véia no cemitério municipal de Caxias, contrariando a vontade dela de ser enterrada perto do rancho, no mesmo terreno dos filhos perdidos. Durante todo o funeral fiquei esperando a nonna levantar do caixão com o rolo de massa na mão e pegar o tio pela orelha aos berros:

— Ma Dio Madonna, non podem me respeitar nem depois de morta?

Bom, nonna Gê não levantou do caixão, não seria mais possível colocar vida naquele corpo que tinha mirrado no último ano para nos avisar que Gervásia estava se preparando para correr para os braços de Santo Expedito, por quem ela tinha uma quedinha.

Desde que me conheço por gente, tem um pôster na sala do casebre, amarelado pelo tempo e pela umidade, com uma imagem do santo. Toda vez que nonna Gê parava na frente do pôster, suspirava.

— Que homem!

Mas isso só depois da viuvez e de perguntar para o padre da comunidade se era pecado cobiçar santo. O padre disse que era e ela só voltou a frequentar a igreja depois que o padre bateu as botas. Pro novo que chegou em seguida ela não arriscou perguntar.

Cresci naquele rancho vendo a nonna limpar as mãos de farinha no velho avental já pigmentado pelo amarelo da massa, depois de terminar de fechar quilos e quilos de *agnolini* das encomendas das cidades próximas. Nonna Gê fez fama na região e eu, os manos e os primos nos divertíamos fazendo entregas de carroça ou bicicleta. Quando a entrega era nas vendinhas ou mercearias, a gente sempre ganhava um doce.

Era eu quem cuidava de levar as compras da nonna antes da mudança, e ela me esperava com uma xícara de caldinho de feijão com aquele sorriso enrugado e semidesdentado no rosto. Tinha aquele jeito meio carrancudo de italiana que não leva desaforo pra casa; era divertido quando ficava braba, discursando numa mistura meio doida de português com dialeto vêneto.

Mas era também puro amor. Gostava de conversar com as vacas e as galinhas quando levantava junto com o sol, perguntava como tinha sido a noite delas e garantia que todas respondiam, cada uma do seu jeito, inclusive o cusco, que comia feito um porco, mas continuava mais magro que vara de assar leitão.

O guaipeca já chegou no rancho com cara de velho, mas viveu batendo com o rabo nas nossas pernas por mais tempo do que Deus quis, e foi latir no canil do paraíso numa manhã de geada.

Quis o destino que as coisas mudassem um tanto, e quando eu ainda era piá, o pai conseguiu um emprego numa metalúrgica e arranjou serviço de faxina pra mãe. A gente saiu da vila perto do rancho e de Carlos Barbosa e fomos morar no subúrbio de Caxias, longe de tudo e muito longe da nonna.

Foi aí que eu fui pro colégio grande e começaram a me chamar de colono.

Fui pra casa chorando, já não era mais guri do mato e na cidade, sem a nonna e os primos, eu era o colono. A mãe veio conversar comigo, contar que a nonna tava orgulhosa do neto que já sabia ler e escrever e agora tava em colégio grande, coisas que a véia nunca teve a chance.

Nesse dia a mãe sentou na minha cama, eu, que já não queria mais ir pro colégio, e contou que a nonna Gê era aquela italianona que falava alto, sempre rindo, só na nossa frente, dos bambinos todos, porque já tinha chorado por demais nessa vida. Eu já tinha lá meus 14 anos quando me dei conta que eu não sabia quase nada sobre sua vida.

Nonna Gê gostava de contar sobre a imigração, a chegada de seus antepassados, a italianada cantando "Mérica Mérica" no navio carregando só um saco com duas ou três mudas de roupa para enfrentar a serra gaúcha, a terra prometida aos miseráveis e que não tinha nada além de morro, mato e pinhão, que foi o que manteve eles vivos no inverno pra começar uma civilização.

A nonna contava isso com um orgulho imenso, como se estivesse lá para ver homens, mulheres e crianças cortando mato a facão. E cada vez que contava incluía novos detalhes que a gente nunca soube o que era verdade e o que era imaginação.

Ela mesma era nascida na Linha 40, nos arredores de Caxias quando a cidade ainda era pequena. Vivia com uma penca de irmãos, primos e chegados num pedaço de terra que não tinha dono registrado em cartório. A língua oficial não era nem o português, nem o dialeto vêneto, era a gesticulação exagerada que fez a fama que os italianos carregam de falar com as mãos.

Ninguém perdeu esse hábito mesmo que tantas décadas nos separem dos que vieram de lá. Até Giovana, minha guria, que aprendeu a fechar *agnolini* no porão da casa da nonna aos 9 anos, fala mais com as mãos do que com a boca.

E foi meu sotaque de interior e minha gesticulação que me renderam o apelido de colono que me acompanhou até minha saída da turma, dois anos depois. Nessa altura eu já não tinha mais vergonha, porque tinha herdado tudo isso de nonna Gê, e foi no dia que virei colono no colégio grande, que a mãe contou como nossa família começou.

Certa feita, numa manhã nublada de outono, um castelhano subindo das bandas do Uruguai e falando num portunhol louco de sem-vergonha, apareceu nas terras da Linha 40 dizendo que tinha um rancho nas proximidades de Carlos Barbosa e se tornaria um grande fabricante de queijo, o que nunca de fato aconteceu.

O homem, já passado dos 30 anos, com cara de cansado sobre uma carroça carregada por um cavalo magro e acompanhado de uma vaca e dois bezerros, se disse encantado por uma das muitas gurias que tavam na lida do campo junto com outros muitos guris e ofereceu a vaca e os dois bezerros em troca de casamento.

Diz a mãe que o homem que tratou com o castelhano não era o pai da menina de 12 anos que o estrangeiro queria desposar, mas que Gervásia, a menina, ficou de coração partido quando o padre oficializou a união sem nenhum protesto de seus pais. Ficaram na terra a vaca e os bezerros, foi-se Gervásia com o marido Ramón, 20 anos mais velho, duas mudas de roupa, um par de chinelas e uma boneca de pano.

Nonna Gê nunca mais voltou nem teve ou mandou qualquer notícia, mesmo quando as crias começaram a nascer e morrer. A mãe disse que a falta de contato se justificava porque ninguém, nem de um lado nem do outro, sabia ler ou escrever, e porque as estradas eram mais difíceis de ser percorridas, mas eu via seu olhar triste quando alguém perguntava sobre sua família. E lá ia ela contar da imigração, mas a história sempre terminava no dia em que Genô – que até hoje ninguém sabe quem é – costurou a boneca de pano pra nonna. A gente aprendia que pra italiano a "famiglia" é a coisa mais importante do mundo, mas também aprendeu cedo que pra nonna a família era nós e só nós. Ninguém queria ver a véia triste, por isso nos acostumamos a não saber.

Naquela noite em que eu tinha decidido largar a escola, ao pé da minha cama, a mãe contou que a nonna chorou por três dias sem parar quando chegou no rancho com o vô Ramón, só parou quando ele disse que a levaria de volta antes que morresse sem água no corpo. A nonna-menina não queria ser esposa de Ramón, mas também não queria voltar para a casa onde a entregaram para um homem desconhecido em troca de uma vaca e dois bezerros.

Em seguida começou a ocupar os dias fabricando queijo e planejando uma fuga triunfal para Santa Catarina, que ela não sabia bem onde era, mas ouviu na quitanda que era lugar bonito e próspero. Logo pegou barriga e a vida real bateu de frente. O primeiro bebê nasceu morto, foi um parto difícil que quase a matou junto.

Das 14 crias que nonna Gê botou no mundo, só oito vingaram. Tem quem pense que mãe de muitos filhos sente menos quando morre algum, mas eu mesmo acompanhei a nonna levando flores pros seis filhos mortos em seus túmulos no dia de finados. Mesmo com a pobreza, a nonna garantiu lápide bonita para todos, com seus nomes gravados em pedra que ela não sabia ler, mas sabia exatamente quem estava em cada túmulo.

Dos seis, a que mais durou foi Firmina, quarta entre os mortos, sétima no geral. Firmina nasceu miúda, quase desenganada, daí uns parentes do Zé Elias da bodega conseguiram levar a nonna e a Firmina pra Porto Alegre, onde os médicos disseram que ela nasceu com uma doença com nome de gringo. Durou até os cinco anos, a guria.

Os outros se foram antes, alguns já saíram da barriga só de corpo, com a alma nas mãos de Deus, mas a mãe contou também que, naqueles tempos, quando o bebê nascia muito pequeno e magrinho, na entrada de um inverno rigoroso, a comunidade já se preparava pro funeral.

Quando nasceu o último dos 14, vô Ramón começou a bebedeira. Tio Aristides brincava que o vô virou tchuco pra ver se assim parava de fazer filho. E foi por causa dos fiados do vô em cachaça na bodega do Zé Elias que a nonna começou a fazer *agnolini* pra vender.

Mas as bocas eram muitas e a filharada iniciou cedo na lida. A mãe mesmo começou a faxinar com dez anos, mas tudo em troca de prato de comida ou trocados pro mais básico e pra farinha que a nonna precisava pra trabalhar.

Num certo ponto da vida, nonna Gê e vô Ramón se odiavam o bastante para não conseguirem mais conversar sem gritar, ela em dialeto vêneto e ele em castelhano. Ninguém entendia nada, acho que nem eles mesmos, mas sabiam que tavam se xingando.

Tenho poucas lembranças do vô, na verdade, lembro de quando o primo Edivaldo chamou ele de nonno. O homem ficou transtornado, a cara vermelha feito tomate, se cuspindo todo com as veias saltadas.

— Nono las pelotas! Não sou italiano, piá de merda!

Foi a última vez que ouvimos a voz dele. A nonna contava pras comadres que o vô Ramón foi levado pelo tornado que deu em Antônio Prado perto do Natal no começo dos anos 2000.

— Tava muito magrinho, o hômi, o cavalo voltou sozinho com a carroça e os queijos que ele foi vender lá, mas ele o tornado levou.

A verdade é que o vô Ramón morreu uns anos antes, foi encontrado congelado na estrada, caiu bêbado depois de um carteado na bodega do Zé Elias e a madrugada de agosto fez o resto do serviço.

— Tava mal agasalhado, o animal. – Dizem que essa foi a única coisa que a nonna disse no funeral.

Pelos meus 16 anos, passei pra noite no colégio e comecei a trabalhar na metalúrgica com o pai. As visitas à nonna foram ficando mais espaçadas, mas lembro da emoção dela quando pedi se podia fazer minha festa de casamento no rancho. Conheci Lorena num consultório médico, ela era secretária e não demorou muito pro namoro começar.

Fui o primeiro dos netos a casar, mas logo veio uma sequência de casamentos no rancho que deixou a nonna exausta, já que a véia fazia questão de preparar o banquete.

— Ma Dio Cristo, agora casamento virou moda nessa família? – Disse gargalhando quando Ana Lúcia, a neta mais nova, guardando segredo na barriga, pediu a bênção da nonna pro casório.

Depois de João Miguel, filho de Ana Lúcia que "nasceu de sete meses", como se dizia dos bebês de moças que casam grávidas, veio Giovana. Nessa altura Lorena tinha conseguido financiar um carrinho usado e levava Giovana todos os finais de semana pra ver a nonna, enquanto eu fazia hora extra na metalúrgica pra juntar uns pilas e tentar botar a guria na faculdade.

Foi Giovana quem ensinou a nonna a ler e escrever. A véia chorou quando conseguiu ler o nome dos filhos mortos nas lápides e chorou de novo quando eu, a mãe, Lorena e Giovana levamos ela na Feira do Livro de Caxias. Voltou pro rancho orgulhosa com dois romances e um livro de poesia, que ela nem sabia que existia. Todos os netos eram alfabetizados, mas precisou nascer a bisneta pra dona Gervásia aprender a ler. Também foi Giovana a única dessa imensa família a aprender a fazer *agnolini* com a nonna.

O tempo foi passando como se espera do tempo, e a nonna foi perdendo seu jeito de italianona matriarca pra ficar cada vez mais miudinha, como se estivesse querendo desaparecer. Já falava pouco, comia pouco e ficava mais tempo na cama junto com a boneca de pano, que ela ainda tinha. A última vez que a nonna saiu da cama foi pra formatura da Giovana.

Gastronomia. Primeira pessoa da família toda a ter um curso superior. Giovana terminou a faculdade já empregada em um restaurante italiano chique, desses que não era pro nosso bico, mas Lorena e eu fomos por conta da casa.

Na formatura a nonna já não falava mais. Levamos ela numa cadeira de rodas, parecia apática até a hora que a Giovana subiu no palco para pegar o diploma. Seus olhos brilharam como eu nunca tinha visto antes. Aguentou o tranco da vida e driblou a morte só para aquele momento.

Três dias depois, nonna Gê foi embora. Numa manhã de geada, como seu cusco favorito, cercada por filhos, netos e bisnetos.

Caxias do Sul, RS

Maya Falks é natural de Caxias do Sul, terra de colonização italiana na serra gaúcha, onde reside. Publicitária, jornalista e escritora, é resenhista do projeto Bibliofilia Cotidiana. Tem diversos prêmios literários entre contos, crônicas e poesias, além do Prêmio Vivita Cartier de melhor livro do ano com o poema longo *Eu também nasci sem asas*. Maya é autora de 7 livros publicados e mais um no prelo.

Poeira

Nara Vidal

Nunca mais é possível se livrar da terra.

A terra não é o planeta, essa ideia que nem sempre entendemos, porque fica sempre lá fora da janela, no horizonte que não enxergamos porque a bananeira atrapalha.

A terra não é tampouco o país, essa nacionalidade desgastada de sonhos malfeitos e mal-amados, direitos constitucionais falidos. Também não é a terra de origem, a cidadezinha, o povoado, o ponto no meio do nada onde não há vento e não há curva.

Quando falo da terra da qual não é possível se livrar, refiro-me às partículas e gotas de suor do solo, do resquício que gruda nos nossos pés descalços e ainda descomplicados. A terra que se arranca com a mão e que vai parar nas unhas dos dedos. Falo da terra que serve para brincar e vira barro para esculturas, bolos, comidas. Aquela mesma terra onde escondemos açúcar para fazer um formigueiro que não vinga, que engole sementes que cuspimos no terreiro, mas que não viram árvore.

Parece ser uma terra infértil, mas, ao contrário, é um solo nascente porque recria os nomes, os sobrenomes, os parentescos. No meio do calor sertanejo das profundezas de Minas um pedaço de terra respira, nomeia e engole todos os seus.

Há os que fogem da terra que lhes pertence. Não a querem, é normal, é de se esperar. Passam a rejeitá-la como se fosse possível viver sem apontar o começo ou dizer o sobrenome. Escapam porque a terra lhes queima os pés, arde-lhes o futuro, empoeira os seus olhos cegando todos de tanta nitidez.

A terra alaranjada feito o rio caudaloso de mesmo tom assombra criancinhas e seus pés deixam de bater na poeira que será delas como herança. Crescidas passam a calçar sapatos complicados e correm para o mais longe possível.

Mas o que os que fogem não sabem é que suas peles são feitas do adocicado barrento do suor da terra e que não é possível viver sem chão por mais arte que se faça.

Nos seus corpos cheios de vida estão guardadas partículas impossíveis de se ver a olho nu. Quando voam para outras terras, esfregam seus corpos e tentam se livrar da própria camada cutânea. Intoxicam-se de perfume e disfarçam bem.

Ainda que distantes, envoltos em seda, couro, fragrâncias de terras longínquas estão sempre à espreita, à espera de um chamado da terra, aquela mesma que se esquecem de que está guardada nas unhas e nas cicatrizes de bichos de pé.

Voar para fora da própria terra é uma inconsequência e quase não há preço a se pagar porque nessa mesma terra restaram os que amam quem fugiu, e quem ama recebe de volta. Ao lembrar dos olhos cortando os troncos firmes das mangueiras à procura do além, sabia que se fosse, havia sempre uma volta. É importante saber que quem escapa ainda tem onde cair morto.

Inexplicavelmente e sem mesmo merecer, o céu se faz pesado de chumbo. É possível ouvir lágrimas rolando na terra empoeirada de posse sua. É preciso cruzar um mar inteiro, hemisférios, linha do Equador, quanta turbulência, não é à toa que essa terra a chateia. Tanto trabalho só para ver aqueles rostos que não morrem nunca.

Voltar à terra que é sua é delirar diante de um tempo que não se move. Por que as pessoas passam, cochicham, a chamam de coisinha e não param de olhar? Será que não veem que tinha crescido, se modificado, não tomava mais a Fanta Uva ou o guaraná Tobi? Claro, as pessoas a reconhecem por causa da música e dos sinos. Visitou tantas catedrais durante a vida, mas aquela igrejinha a assusta e a faz despencar de uma altura inimaginável. Juntos dos pombos, o autofalante.

"A família, a sua, comunica com pesar o falecimento de sua mãe. O seu sepultamento será amanhã às 10 horas, saindo o féretro da sua residência, seu endereço aquele mesmo de onde fugiu, e onde o corpo dela está sendo velado. A família agradece a todos que comparecem a esse ato de fé e caridade cristã." (marcha fúnebre toca.)

A morte, muito mais que a vida, nos prende à terra.

O cortejo fúnebre é mais um espetáculo. Passeiam as filhas, os parentes, os curiosos, os amigos, os que não têm nada melhor para fazer, os mendigos, os loucos. Um cortejo fúnebre na nossa terra é um encontro de pura democracia. Somos, por uma hora, todos iguais, todos miseráveis e iremos todos para o mesmo lugar. Não existe céu, e o inferno é aqui durante esse desfile. Quando chegamos ao cemitério, dobramos esquinas onde aqueles sobrenomes calados vivem como um incômodo. Lá se encontram apodrecendo, dando trabalho ao moço que precisa arrancar as ervas daninhas, os matos que crescem vivos por adubo tão forte.

Eu carrego uma flor branca, mesmo sabendo que sua cor predileta era o amarelo. Seguro perto e rente ao meu peito. Nunca mais vestirei o suéter cor-de-rosa que visto naquele dia. Estará para sempre no lixo. Tentarei me esquecer dos bolos de chocolate feitos pelas comadres para alimentar as três filhas, o viúvo. O café sempre passado com carinho. Tudo sempre rejeitado. A morte, vista ao vivo e em cores, transtorna e embrulha o estômago. Quem há de comer quando um corpo inicia seu processo de putrefação na sala ao lado? Uma noite em claro. Os olhos nos pregam peças. Vejo os olhos dela acordarem. Eu rio quando me lembro da história do rapaz que estava prestes a ser enterrado vivo quando acordou e antes de abrir os olhos pensou bem porque devia dinheiro para tanta gente. Olho para ela deitada, dona de si, cheia de morte. Não demore a dar um grito ou te enterraremos para sempre. Ela não ouve. O ar fica cada vez mais pesado. O cheiro de vela, o fedor das flores são o odor vivinho da morte. Nada está tão acordado quanto a morte. Não dorme nunca essa puta. A vida, sim, apaga tão vulgarmente por qualquer coisa: um caroço de uva engasgado ou um atropelamento. Um tiro ou um susto. Qualquer coisa é motivo para a vida desistir de si. Covarde.

Se eu traçar uma linha reta que começa no que de mais puro consigo me lembrar, penso nos meus olhos fechados quando descia de bicicleta a rua das pedras. Soube então, na prática, que é preciso uma tremenda coragem para acabar com tudo.

Tentei várias vezes desaparecer. Quando adultos gritavam meu nome, fechava os olhos sumindo por completo.

Às vezes, me escondia em personagens. Fingir ser outro é quase se apagar completamente. Que alívio a minha não existência!

O risco que corria ao fechar os olhos na bicicleta em alta velocidade morro abaixo era grande, uma sensação febril que, num estalo, poderia causar a grande implosão do meu corpo que é a morte. Será que a mãe se afogou quando lhe ocorria a embolia pulmonar?

Enquanto crescia, pensava nas formas de morrer. Deus me livre de pular de um prédio. Odeio a pressão que faz o elevador na minha cabeça quando sobe ou desce. Montanha russa também me faz enjoar. Pular do vigésimo andar me daria uma náusea inimaginável. Acredito que o voo reto ao fim do ar seria desagradável. Eu morreria então de medo, taquicardia ou pressão na cabeça?

Um tiro. Abrir a boca para estourar miolos. Quanto sangue, sujeira, nojo. Pedaços meus pontilhados pelo chão. Um quadro feio, um trabalho aos amigos.

Há sempre os trilhos do trem. Um golpe certeiro. Uma morte tão rápida que seria impossível sentir dor. Uma grande inconveniência aos trabalhadores da cidade. Tudo parado por causa de uma louca. Que tristeza ser reduzida a isso, uma desvairada quando a emoção foi a culpada por tanto ímpeto. O coração estava cheio e a cabeça não estava vazia. Injusto que pensem isso.

Uma corda no pescoço. Minha ausente capacidade para entender a física e a matemática me faria cair no ridículo e em hematomas por não calcular corretamente a altura entre o topo do banco e o chão enquanto a corda se desenrolava fraca, sem condições de suportar o peso morto.

Remédios. Uísque e vinho. Enquanto a alma larga o corpo e começa a voar e te vê lá do alto, encontre um lugar confortável para se deitar. Boa noite, Cinderela! Estou tão cansada. Dorme bem, descanse em paz.

Começo a entender que tanto planejamento acaba sendo em vão. Olha só a mãe, coitada. A vida cuida de nos encomendar a morte. Há aquela que, vagarosamente, nos faz desaparecer, como se feitos de lápis. Passam-nos uma borracha aqui e ali e já não é possível nos reconhecer os traços até virarmos um papel marcado e de inútil reutilização. Esse tipo de morte requer pouco ímpeto, mas muita coragem. É preciso persistência para assistir ao próprio desaparecimento até que ninguém chame mais seu nome.

Ficamos ali, obsoletos, inutilizáveis como se mortos, não fosse o ipê que floresce ou a criança que chora nos forçando a abrir os olhos cansados, ainda que vivos.

A flor branca que carrego rente ao coração ainda está viva. Vamos ao enterro, por favor, antes que morra esta flor!

Posiciono-me moralmente apoiada pelas minhas irmãs. Soluçam. Estou escutando, mas minha cabeça explode. Parece que estou morrendo. Morreria depois. Agora era a hora da morte da mãe. Ouço o barulho arranhado e metálico da pá. Meus olhos se abrem em espanto. Vejo ali aquele raspar à procura daquela terra, a mesma que está na minha pele, aquela cor de laranja que gruda nas unhas, que empoeira os pés. Aquela mesma terra cobrirá a minha mãe. É dessa terra que não nos livramos nunca. Morrer é o que nos prende. Uma vida é uma breve pausa da pá que cobre com a terra o seu sobrenome. E lá nessa terra que você se dissolve se transformando na poeira que herdou.

GUARANI, MG

NARA VIDAL é mineira de Guarani. Formada em Letras pela UFRJ, tem Mestrado em Artes pela London Met University. *Sorte*, seu romance de estreia, foi um dos vencedores do Prêmio Oceanos 2019 e teve direitos vendidos para a Holanda e México. É editora da Capitolina Revista, trabalho que lhe rendeu um prêmio APCA em 2021. Seu livro mais recente é a coleção de contos *Mapas para desaparecer* (2020).

Laço de tambor

MONIQUE MALCHER

Nem todo colo me contempla e completa. Essas coisas de precisar de afeto são sensações que nascem no estômago e morrem na ponta da língua. Antes que seja tarde para tentar retirar a palavra dita ou se desculpar por ela, há sempre um arrependimento. É mês de fevereiro, o céu tem chorado bem mais. Voltei para a cidade esquecida pelos homens, a transbordar água e lixo. Essa mistura me fala sobre sensações de um tempo em que abraçadas chorávamos no piso xadrez da cozinha.

Os colchões de dormir eram no chão úmido, dormíamos muito. Era o elixir possível para o esquecimento daqueles sentimentos que perseguem uma mulher que não quer mais ir para lugar algum. Nos ótimos dias comíamos sanduíches enormes do lanche da esquina com um refrigerante de guaraná de dois litros. Nos dias medianos tinha papel higiênico o suficiente para dar voltas e voltas e aguentar a força da menstruação. Vovó sempre diz que uma mulher chama as regras da outra, que o sangue é rio que quer encontrar mar.

Todas as nascentes correm juntas quando sentem espaço para esse acontecimento.

Foi um casamento arranjado, mesmo que a gente não tocasse lábios, mas era um relacionar. Os dias costuram quem divide o mesmo teto. Algumas costuras são de arrebentar, outras são redes tão grandes que pegam o que até o tempo duvida. Era meu primeiro casamento depois do que foi quase.

Um mês antes do sim, meu noivo rompeu comigo, sem uma explicação mais elaborada para isso. Alguns me falaram que foi feitiço, que tinha gente que não gostava da nossa felicidade. Sabia que era na verdade falta de encanto dele com nossa história. Não poderia ser magia, até porque conhecia bem com quem queria construir a vida. Fingi que ele era terra firme, mas era uma areia movediça que abraçava meu corpo a cada noite que dormíamos juntos, até desaparecer.

Os novos passos me levaram para a universidade, consegui uma bolsa de estudos. Recomeçar me consumia a maior parte dos dias. O corpo sentia a peia depois de acordar do sonho que parecia meu, mas não era. Outros caminhos iam se riscando conforme iam sendo escolhidos. Escolhi e abocanhei os que pude. Às vezes esquecia o limite, sem conhecer a cara que ele tinha, ficava o dia inteiro na universidade. Com a noite caindo, sentava na beira do rio. O banzeiro espancava as estruturas do campus e as meninas dos meus olhos acreditavam que algum mundo aquelas águas mudariam, talvez o meu. Um soar ao longe, chegando aos ouvidos, fazendo a grama tocar com carinho a palma das minhas mãos.

Olho para o lado e vejo uma mulher com um tambor entre as pernas tocando com precisão e sorriso fixo no rosto. O colar de semente balançando no pescoço. Altiva, se movia rápido com cada parte do corpo mais confortável do que jamais as minhas foram. Tudo que era vivo e não humano podia conversar com ela, e assim o fazia. Para compreender a existência de Maiane, era necessário saber que mulher que toca tambor narra o pisar firme de suas ancestrais e as chama para uma conversa sincera.

Ela estudava ciências sociais de noite e pela tarde era atendente de hamburgueria. Resolvemos dividir uma casa juntas, facilitava as coisas para as duas. Só depois aprendi que ali firmamos um casamento, mais que isso, um laço entre amigas. Alguns diriam nó, mas não era isso, porque nó é prisão. O que significávamos uma para outra era um querer estar juntas por amor, vontade. Aceitamos sem saber a grande descoberta de que duas mulheres são dinamites, que ao explodirem um mundo constroem em seguida outro. Era da minha lista de querências construir depois de tantas destruições.

Tive que partir com o coração amuado. São as necessidades e as águas que repuxam. A gente agarra a onda. Cada uma agarrou a sua. Nos despedimos bêbadas em uma sexta-feira no aeroporto, deixei cada colher e cruzeta para ela, levei só as roupas, meu medo e nossas risadas. Cada uma foi voar a seu modo. Parecia que os tambores soavam mais baixos naquela noite.

Dois anos se passaram.

A cachoeira entre nós, de cidades e caminhos diferentes, se abriu como uma cortina que a mãe escancara para acelerar o acordar do filho pequeno. Desci do carro segurando uma mala, ela na porta com a chave na mão. Não havia passado um só dia, sentia assim. Nossos cabelos tinham crescido com a receita de óleo de rícino que trocamos por mensagens. Os desejos estavam menos inconsequentes e o sono que a tristeza trazia era um viajante mais ausente pelos nossos corpos em horas erradas. A tarde chuvosa, a conversa sendo posta em dia como cartas da cigana. Bem além dos olhos nos olhos, um encontro de ideias. Segurava minhas mãos como se quisesse me fazer sentir suas vontades e novos sonhos, tão novos que grudavam feito melaço. "Vamos ao terreiro que frequento?", me fez um convite que quase recusei.

Quando morávamos juntas, os sentimentos oscilavam. Nos dias ruins batia à porta de Maiane e fazia ela acender uma vela, um incenso, pedir para que os guias não nos abandonassem, já que o mundo cheio de homens nos castigava sempre que tinha oportunidade. "Quando a gente acende uma vela, é nosso coração que acende", repetia as palavras da minha avó. E foi a chama daquele tempo que nos levou por aí.

Ela não era de desistir.

Ouvi as mulheres cantando sobre Iemanjá, vi uma lua triste chegando perto dos meus ombros e dizendo que medo era só uma forma de fazer a curva antes de encontrar minha casa. "Vamos, amiga, preciso dar esse presente para você por tudo que significa para mim", e sorriu. Aquele sorriso primeiro de dois anos atrás, que se embolava com as pernas rijas segurando o tambor. A grama nas minhas mãos enquanto segurava as dela. O tempo brincava entre um sentir do passado e presente. Ela sorria sem parar esperando minha resposta. A tempestade não deu trégua até que da minha boca saísse finalmente: "sim, eu aceito."

O tambor nas pernas de Maiane, a lágrima no meu rosto.
A chama acesa aos pés das imagens. O sorriso fixo no rosto dela.
Nossos pés descalços. As pipocas caindo na minha cabeça.
Os tambores não mentem, minha casa é o colo de uma mulher.

Santarém, PA

Monique Malcher é escritora e colagista, nascida em Santarém, interior do Pará. Seu livro *Flor de Gume* (Pólen Livros, 2020) foi editado por Jarid Arraes. É doutoranda em Ciências Humanas pela UFSC. Mora atualmente em São Paulo, onde escreve e pesquisa literatura e quadrinhos produzidos por mulheres.

Ponta de lança

Bruno Ribeiro

Abril do ano mil quinhentos e setenta e quatro: um formigueiro de potiguaras se deslocava pelas matas em direção ao engenho de Tracunhaém, em Pernambuco, próximo a Goiana. A selva vibrava: o cacique Iniguaçu, da aldeia Copaoba, e seus filhos Timbira e Jupiaçu lideravam a horda, armada com acangapemas, bordunas, ivirapemas, arcos e lanças. Apesar do impacto da chegada, eram apenas cem guerreiros indígenas peitando o engenho do fidalgo português Diogo Dias, que, debruçado no topo da muralha, debochava:

"O que querem, amigos?"

"Iratembé."

"Essa não vive mais aqui, não."

"Vingança!"

"Sintam-se em casa."

Prepotente, Diogo Dias organizou a defesa do local, uns quatrocentos homens, para ficarem diante do portão de entrada do engenho e destroçar os cem nativos. Mas ao abrir o portão, não viu que ao redor da floresta profunda havia três mil sem se mostrar, de aldeias amigas, de franceses, de potiguaras. Eles cercaram o engenho fortificado e usaram o ardil: apenas cem se deixaram ver para fazer crer que era ação de um pequeno grupo. O fidalgo, ao notar o plano, se assustou diante da imensa nação de guerreiros que rodeava sua fortaleza. "Ataquem", gritou, tratando de engolir em seco os potiguaras parados, olhando-o rígidos, erguendo os arcos e apontando as flechas, em silêncio. E os homens de Diogo não atacavam, só recuavam ao verem-se cercados.

O povo do engenho se escondeu em suas casas; crianças chorando, mulheres e homens em choque. Até que o cacique Iniguaçu fez um sinal com a mão e deu a ordem em forma de urro: as flechas voaram em direção ao engenho e, quando encontraram seus alvos – causando um curto-circuito de carne humana –, os nativos partiram pra cima, derrubando muralha, portão de entrada, defesas, vestígios. Diogo Dias, encurralado, pôde ver melhor que estava perdido. Chegou a sentir-se arrependido. Indiferente: os potiguaras chacinaram o que viram pela frente. O jagunço, o capitão, senhoras, escravos, bebês e animais. Um massacre de minutos, que pareceu ter durado séculos.

Benevolente ou medroso, um soldado soltou Iratembé da masmorra e disse-lhe gaguejando: "Vai, eles vieram te salvar". Iratembé correu, não antes de pegar a adaga da bainha do soldadinho e cortar-lhe o pescoço. Diogo viu seu tesouro livre, solta. Uma das flechas potiguaras atingiu a nuca de um, o olho de outro, joelho de dez, cabeça de vinte – esquartejados, degolados, enquanto Diogo levava uma flechada na perna branquela e Jupiaçu, portando uma lança enorme, amadeirada, partia para o golpe fatal no peito do senhor cujo braço levantava ainda a espada. Antes de Jupiaçu empurrar-lhe a ponta da lança, Iratembé pegou a arma de suas mãos, gritou algo indecifrável e com uma força descomunal fincou o treco em Diogo Dias, empalando-o com vontade absurda e levantando seu corpo como uma bandeira; Diogo ainda vivia, agonizando lá do alto da tragédia, no ar esfumaçado, e Iratembé o balançava como troféu, exaltando os potiguaras a continuarem o ataque. Enquanto erguia seu algoz, Iratembé pensou "Como chegamos até aqui?". O retrato daquela mulher empalando um português ficou congelado na mente de todos como uma quimera.

Iratembé fechou os olhos argutos a brilhar como ouro derretido e identificou o estopim deste embate no passado: um mameluco, nu feito navalha, cortando as matas profundas e se aproximando de Copaoba, na região do rio Parahyba, que fazia parte da Capitania de Itamaracá. Se existia ódio nesta aldeia pacífica, ele nasceu com a chegada dos brancos e suas demandas impossíveis; enganando-os, executando-os e expulsando os nativos de Copaoba para o sertão. Mas não havia medo entre os copaobas: eles eram chefiados pelo cacique Iniguaçu, que tinha na sua bravura um dique: ninguém ousava enfrentá-lo. Paz nunca dura e a de Copaoba seria quebrada por essa figura aleatória que corria desembestada, esse mameluco de Olinda, perdido nesta trama que se aproximava cada vez mais da aldeia.

Iratembé, agora, enquanto mata Diogo Dias, sabe que se apaixonou pelo mameluco à primeira vista, assim que ele chegou a Copaoba, sendo bem recebido por todos, e pedindo a mão dela em casamento. Ela sabe que aceitou as condições de Iniguaçu, junto do mameluco: "Podem casar, desde que, com precisão e amor que se alardeia, você more na aldeia com ela, em eterna comunhão. Estão proibidos de sair daqui". Ao aceitar o enlace perante a lei ameríndia, o mameluco e Iratembé construíram o seu abrigo. Mas essa nativa, conhecida pelo tupi como Lábios de Mel, sabe que nunca foi princesa inocente, sabe que a tragédia nasce de um incidente, um ponto de partida irrevogável, que poderia ser evitado, mas o desejo – arma de destruição – eleva e leva consigo não só aquele que está inflamado, mas seu entorno.

Iniguaçu e seus filhos, ao retornarem de uma caçada de quatro dias e três noites, notaram estranheza: o mameluco e Lábios de Mel haviam sumido. Gritos de canhão audíveis pela selva: "Mameluco, filho de Anhangá, levou minha filha!" E o casal fugitivo acelerava pela floresta noturna como bichos cortando a plantação. Livres e com o mundo aos seus pés.

Na aldeia, os potiguaras preparavam o resgate. Iratembé, moça boa que nunca saiu sem deixar avisos, largou um recado no chão de terra, "Olinda", e o caçique Iniguaçu tomou sua primeira providência: enviar Timbira e Jupiaçu para irem atrás do traidor mameluco e resgatar sua Iratembé. Só assim a justiça seria reclamada. Neste ínterim, o mameluco e Iratembé deviam estar buscando um refúgio olindense ou se amando pelas terras de fora, libidinosos e à vontade.

Os filhos de Iniguaçu tiveram sorte ao chegarem a Olinda. Encontraram em visita a Pernambuco o governador geral do Brasil Antônio Salema, que, conhecendo a importância dos potiguaras e da aldeia Copaoba, se dispôs a escutá-los. Acompanhado de tradutores e demais autoridades coloniais, Salema ouviu a reclamação do rapto de Iratembé e diplomaticamente decidiu em favor dos filhos de Iniguaçu dando-lhes um salvo-conduto: "Que a Lábios de Mel seja devolvida e que voltem à aldeia em segurança". Quanto à localização do mameluco e de Lábios de Mel? Não foi difícil encontrá-los, as tropas de Olinda acionadas, o poder de Salema, homens com bons contatos: rapidamente acharam os transgressores, garantindo com rigor o retorno sagrado da potiguara, sem a mancha opressora. O mameluco morreu? Perdeu-se pelo Brasil, feito fumaça.

E lá estava Iratembé retornando para o mundinho de segurança familiar. Os irmãos a julgavam, bravos:

"Pelo menos a achamos, sua danada."

"Me deixa em paz, só quero viver."

"Mameluco desgraçou a cabeça da nossa irmã."

A noite do primeiro dia de viagem se levantava, os três irmãos, exaustos, precisavam descansar; os corpos não aguentavam a trilha íngreme, a mata visceral, o intenso dos últimos dias. Bufando, vislumbraram no horizonte uma luz, engenho de Tracunhaém. Chegaram devagar, desconfiados, cruzando um rio, até serem recebidos pelo dono do engenho, o cristão-novo Diogo Dias, homem poderoso daquelas bandas. E quando este viu Iratembé, endireitou as costas, fez-se de formal, desmanchando-se em cortesia aos potiguaras, algo raro num homem daquele quilate. Cansado da viagem, o trio não teve escolha e aceitou o convite do repouso. O senhor Diogo, caidinho pela Lábios de Mel, ajeitou a dormida deles, ofereceu comida, sem mostrar rapinagem.

"Um quarto para os índios, outro pra índia."

Acordaram com uma notícia: Iratembé havia desaparecido. Segundo Diogo Dias, quando o sol raiou, estava aberta a janela do aposento dela.

"A irmã de vocês fugiu; mulher, e ainda por cima índia, é assim mesmo."

"Iratembé podia estar raivosa, mas nunca faria isso, ela não decepcionaria nosso pai", disse Timbira, mudando a sua feição amável.

Jupiaçu, que já odiava "os portugueses com cara de gala de rato", sabia que eles eram prepotentes, "Acham que podem pegar o que quiser do mundo e sair assim? Não mesmo".

Diogo Dias cansou-se daquele debate infindável, gritou que eles nunca mais seriam bem-vindos e, se acaso voltassem, não teriam mais recurso, morreriam feito cães, feito os lixos potiguaras que eram. Rindo, disse: "Ela estará bem comigo". Fechou o portão.

Timbira e Jupiaçu saíram, subiram em uma árvore para vigiar o engenho de Tracunhaém: perceberam que havia uns mil trabalhadores ali, entre nativos, soldados, escravos e moradores. Pelo tamanho do local era possível ver que Diogo Dias deveria ser temido até mesmo pelos outros senhores. Diogo, com sua face lisa, branca porcelana, cínica de peralvilho, era um ato tenebroso naquelas terras largadas, um mimado que conseguia o que queria. Iratembé lá dentro, presa em um dos mil aposentos das masmorras do fidalgo, nutria uma tristeza não de fragilidade, mas de ódio.

"Vou matar esse portuguesinho, espera só".

Com o desespero comendo no centro, os irmãos chegaram até à aldeia Copaoba. Iniguaçu conversava com corsários franceses – os franceses visitavam a aldeia para fazer escambo com os potiguaras –, mas a alegria do patriarca logo murchou. O cacique respirou fundo: queria resolver as coisas de forma diplomática. Os franceses, que ali estavam, diziam, por meio de gestos e diabruras, para atacarem, que isso era um absurdo. O cacique mandou uma comitiva até Olinda, com respeitoso pedido de ter a filha de volta. Mas, aquela autoridade, Antônio Salema, já havia retornado e quem ficou ali mandando fez-se desinteressado. Sem poder, sem justiça, sem nada: restou luta.

Iratembé, matando Diogo Dias com o cume da lança, sabe agora que o confronto será inevitável. Os copaobas nunca nutriram simpatia pelo reino do além-mar. Os portugueses eram vistos como opressores que insistiam em tentar escravizá-los, sem nunca lograr. Por isso, Iniguaçu teve apoio massivo para resgatar sua filha: os chefes potiguaras se reuniram e movimentaram guerreiros da Parahyba e do Rio Grande do Norte. Três mil de pé, incluindo os franceses que odiavam os portugueses. Com o informe dos filhos, dos espias e amigos, Iniguaçu estudou por dias o local onde raptaram sua filha. Um arquiteto da guerra.

No mês de abril seu plano se concretiza, é caos, é Diogo Dias pendurado e balançando como uma bandeira e o solo do engenho derramando sangue, é flecha, marreta, serpentinas e munições francesas no féretro. O senhor, sua família, as famílias, a casa-grande, a senzala, 614 cadáveres. A chama do ultimato veio dos potiguaras, a incendiar tudo como forma de purificação: canaviais, lavouras, casas e engenho foram destruídos. Nada restou. Limbo.

Rei D. Sebastião, ao tomar conhecimento da tragédia de Tracunhaém, quis evitar que algo assim se repetisse. O episódio generalizara o medo nos portugueses da região.

"Arranca a cabeça desses cambalacheiros!"

Para ter mais controle da área, D. Sebastião determinou a apropriação de uma parte do território da Capitania de Itamaracá para que se criasse uma capitania real nova, que ia desde a foz do rio Popocas até a Baía da Traição, a ser conquistada e desenvolvida às expensas dele.

Nascia, assim, a Capitania Real da Parahyba.

Para agradar à população sedenta de catarse, os copaobas foram severamente punidos e usados de exemplo: incluindo

Iniguaçu, Timbira e Jupiaçu. Os franceses foram expulsos e cinco expedições partiram para conquistar a virgem Parahyba, lugar onde os portugueses poderiam violar, pilhar, roubar, sequestrar, desbravar, à vontade. Entretanto, lá ainda estaria a sobrevivente da tragédia, Iratembé, carne e osso, nem trancada nem defunta, correndo pelas matas e engenhos, sem o mameluco, sempre sozinha, fantasmagórica, fundida com a natureza potiguara, fazendo com que a bandeira da Parahyba nos séculos seguintes não fosse o "nego", não fosse os 614 defuntos, não fosse seu pai ou seus irmãos, mas fosse a sombra de um fidalgo português empalado, balançando de peito e braços abertos, rumo aos infernos.

Pouso Alegre, MG

Bruno Ribeiro vive em Campina Grande, PB. É autor, entre outros, de *Arranhando Paredes*, traduzido para o espanhol pela editora argentina Outsider, e *Glitter*, que foi finalista da 1° edição do Prêmio Kindle e recebeu Menção Honrosa do 1° Prêmio Mix Literário. Foi um dos vencedores do concurso Brasil em Prosa.

Crescer com o rio

Marcia Kambeba

Aprendi com meu pai
No pescar, nadar, contemplar
Era um homem sábio, inteligente
Calmo, contava histórias, cantava
Cresci em meio à arte, ouvindo os anciões.

O rio era largo, de águas solapantes e barrentas
Canoas que iam e vinham, conversando com o pescador
Meu pai era um viajante, mas pescava e construía casas
Pedreiro de mão cheia, tinha ideias inovadoras
Nossa casa tinha banheiro dentro feito por ele com maestria.

O rio que carregava sedimentos pesados
Carregava sonhos e pessoas
E lá da ponta da ribanceira a gente via ele majestoso.
Barulhento por conta do vento forte que soprava fino pela manhã

Na aldeia a vida é calma, segue o rio, olha o rio
Ele sabe aonde te levar, te ensina e te cuida
Frases de meu pai.

E ainda hoje o rio me acompanha
Caminhos de água que deslizo confiante
Sem medo e pressa de chegar.

Tabatinga, AM

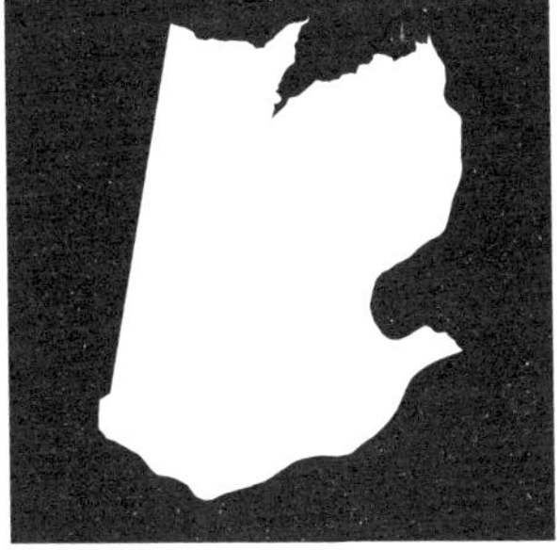

Marcia Wayna Kambeba nasceu na aldeia Tikuna de Belém do Solimões, no Alto Solimões, Amazonas. É mestre em Geografia, poeta, escritora e trabalha com os sujeitos indígenas e não indígenas. Pela arte faz resistência falando da questão indígena e ambiental.

Dois irmãos

Ailton Krenak

Na história do povo Tikuna, que vive no rio Solimões, na fronteira com a Colômbia, temos dois irmãos gêmeos, que são os heróis fundadores desta tradição, que estavam lá na Antiguidade, na fundação do mundo, quando ainda estavam sendo criadas as montanhas, os rios, a floresta, que nós aproveitamos até hoje... Quando esses dois irmãos da tradição do povo Tikuna, que se chamam Hi-pí – o mais velho ou o que saiu primeiro e Jo-í – seu companheiro de aventuras na criação do mundo Tikuna, quando eles ainda estavam andando na terra e criando os lugares, eles iam andando juntos, e quando o Jo-í tinha uma ideia e expressava essa ideia, as coisas iam se fazendo, surgindo da sua vontade. O irmão mais velho dele vigiava, para ele não ter ideias muito perigosas, e quando percebia que ele estava tendo alguma ideia esquisita, falava com ele para não pronunciar, não contar o que estava pensando, porque ele tinha o poder de fazer acontecer as coisas que pensava e pronunciava. Então, Jo-í subiu num pé de açaí e ficou lá em cima da palmeira, bem alto, e olhou longe, quanto mais longe ele podia olhar, e o irmão dele viu que ele ia dizer alguma coisa perigosa, então Hi-pí falou: "Olha, lá muito longe está vindo um povo, são os brancos, eles estão vindo para cá e estão vindo para acabar com a gente". O irmão dele ficou apavorado porque ele falou isso e disse: "Olha, você não podia ter falado isso, agora que você falou isso você acabou de criar os brancos, eles vão existir, pode demorar muito tempo, mas eles vão chegar aqui na nossa praia". E, depois que ele já tinha anunciado, não tinha como desfazer essa profecia. Assim como essa história Tikuna, as narrativas antigas, de mais de quinhentas falas ou idiomas diferentes, só aqui nessa região da América do Sul, onde está o Brasil, Peru, Bolívia, Equador, Venezuela, nos lembram que os nossos antigos já sabiam desse contato anunciado.

Os Tikuna têm suas aldeias parte no Brasil e outra na vizinha Colômbia. Os Guarani partilham o território dessas fronteiras do sul entre Paraguai, Argentina, Bolívia. Em todos esses lugares, áreas de colônia espanhola, áreas de colônia portuguesa, inglesas, os nossos parentes sempre reconheceram na chegada do branco o retorno de um irmão que foi embora há muito tempo, e que indo embora se retirou também no sentido de humanidade, que nós estávamos construindo. Ele é um sujeito que aprendeu muita coisa longe de casa, esqueceu muitas vezes de onde ele é, e tem dificuldade de saber para onde está indo.

Por isso que os nossos velhos dizem: "Você não pode se esquecer de onde você é e nem de onde você veio, porque assim você sabe quem você é e para onde você vai". Isso não é importante só para a pessoa do indivíduo, é importante para o coletivo, é importante para uma comunidade humana saber quem ela é, saber para onde ela está indo. Depois os brancos chegaram aqui em grandes quantidades, eles trouxeram também junto com eles outros povos, daí vêm os pretos, por exemplo. Os brancos vieram para cá porque quiseram, os pretos eles trouxeram na marra. Talvez só agora, no século XX, é que alguns pretos tenham vindo da América para cá ou da África para cá por livre e espontânea vontade. Mas foi um movimento imenso. Imagine o movimento fantástico que aconteceu nos últimos três, quatro séculos, trazendo milhares e milhares de pessoas de outras culturas para cá. Então meu povo Krenak, assim como nossos outros parentes das outras nações, nós temos recebido a cada ano esses povos que vêm para cá, vendo eles chegarem no nosso terreiro. Nós vimos chegar os pretos, os brancos, os árabes, os italianos, os japoneses. Nós vimos chegar todos esses povos e todas essas culturas. Somos testemunhas da chegada dos outros aqui, os que vêm com antiguidade, e mesmo os cientistas e os pesquisadores brancos admitem que sejam de seis mil, oito mil anos. Nós não podemos ficar olhando essa história do contato como se fosse um evento português. O encontro com as nossas culturas transcende essa cronologia do descobrimento da América, ou das circum-navegações, é muito mais antigo. Reconhecer isso nos enriquece muito mais e nos dá a oportunidade de ir afinando, apurando o reconhecimento entre essas diferentes culturas e "formas de ver e estar no mundo" que deram fundação a esta nação brasileira, que não pode ser um acampamento, deve ser uma nação que reconhece a diversidade cultural, que reconhece 206 línguas que ainda são faladas aqui, além do português. Então parabéns, vocês vêm de um lugar onde há gente falando duzentos e tantos idiomas, inclusive na língua borum, que é a fala do meu povo, é uma riqueza nós chegarmos ao final do século XX ainda podendo tocar, compartir um elemento fundador da nossa cultura e reconhecer como riqueza, como patrimônio. O encontro e o contato entre as nossas culturas e os nossos povos, ele nem começou ainda e às vezes parece que ele já terminou.

Os nossos encontros ocorrem todos os dias e vão continuar acontecendo, eu tenho certeza, até o terceiro milênio, e quem sabe além desse horizonte. Nós estamos tendo a oportunidade de reconhecer isso, de reconhecer que existe um roteiro de um encontro que se dá sempre, nos dá sempre a oportunidade de reconhecer o Outro, de reconhecer na diversidade e na riqueza da cultura de cada um de nossos povos o verdadeiro patrimônio que nós temos, depois vêm os outros recursos, o território, as florestas, os rios, as riquezas naturais, as nossas tecnologias e a nossa capacidade de articular desenvolvimento, respeito pela natureza e principalmente educação para a liberdade.

Hoje nós temos a vantagem de tantos estudos antropológicos sobre cada uma das nossas tribos, esquadrinhadas por centenas de antropólogos que estudam desde as cerimônias de adoção de nome até sistemas de parentesco, educação, arquitetura, conhecimento sobre botânica. Esses estudos deveriam nos ajudar a entender melhor a diversidade, conhecer um pouco mais dessa diversidade e tornar mais possível esse contato. Me parece que esse contato verdadeiro exige alguma coisa além da vontade pessoal, exige mesmo um esforço da cultura, que é um esforço de ampliação e de iluminação de ambientes da nossa cultura comum que ainda ocultam a importância que o Outro tem, que ainda ocultam a importância dos antigos moradores daqui, os donos naturais deste território. A maneira que essa gente antiga viveu aqui foi deslocada no tempo e também no espaço, para ceder lugar a essa ideia de civilização e essa ideia do Brasil como um projeto, como alguém planeja Brasília lá no Centro-Oeste, vai e faz.

Essa capacidade de projetar e de construir uma interferência na natureza é uma maravilhosa novidade que o Ocidente trouxe para cá, mas ela desloca a natureza e quem vive em harmonia com a natureza para um outro lugar, que é fora do Brasil, que é na periferia do Brasil.

Uma outra margem é uma outra margem do Ocidente mesmo, é uma outra margem onde cabe a ideia do Ocidente, cabe a ideia de progresso, cabe a ideia de desenvolvimento. A ideia mais comum que existe é que o desenvolvimento e o progresso chegaram naquelas canoas que aportaram no litoral e que aqui estava a natureza e a selva, e naturalmente os selvagens. Essa ideia continua sendo a que inspira todo o relacionamento do Brasil com as sociedades tradicionais daqui, continua; então, mais do que um esforço pessoal de contato com o Outro, nós precisamos influenciar de maneira decisiva a política pública do Estado brasileiro.

Esses gestos de aproximação e de reconhecimento podem se expressar também numa abertura efetiva e maior dos lugares na mídia, nas universidades, nos centros de estudo, nos investimentos e também no acesso das nossas famílias e do nosso povo àquilo que é bom e àquilo que é considerado conquista da cultura brasileira, da cultura nacional. Se continuarmos sendo vistos como os que estão para serem descobertos e virmos também as cidades e os grandes centros e as tecnologias que são desenvolvidas somente como alguma coisa que nos ameaça e que nos exclui, o encontro continua sendo protelado. Há um esforço comum que nós podemos fazer que é o de difundir mais essa visão de que tem importância sim a nossa história, que tem importância sim esse nosso encontro, e o que cada um desses povos traz de herança, de riqueza na sua tradição, tem importância, sim. Quase não existe literatura indígena publicada no Brasil. Até parece que a única língua no Brasil é o português e a escrita que existe é a escrita feita pelos brancos. É muito importante garantir o lugar da diversidade, e isso significa assegurar que mesmo uma pequena tribo ou uma pequena aldeia guarani, que está aqui, perto de vocês, no Rio de Janeiro, na serra do Mar, tenha a mesma oportunidade de ocupar esses espaços culturais, fazendo exposição da sua arte, mostrando sua criação e pensamento, mesmo que essa arte, essa criação e esse pensamento não coincidam com a sua ideia de obra de arte contemporânea, de obra de arte acabada, diante da sua visão estética, porque senão você vai achar bonito só o que você faz ou o que você enxerga. Nosso encontro pode começar agora, pode começar daqui a um ano, daqui a dez anos, e ele ocorre todo o tempo. Pierre Clastres, depois de conviver um pouco com os nossos parentes Nhandevá e M'biá, concluiu que somos sociedades que naturalmente nos organizamos de uma maneira contra o Estado; não há nenhuma ideologia nisso, somos contra naturalmente, assim como o vento vai fazendo o caminho dele, assim como a água do rio faz o seu caminho, nós naturalmente fazemos um caminho que não afirma essas instituições como fundamentais para a nossa saúde, educação e felicidade.

Desde os primeiros administradores da colônia que chegaram aqui, a única coisa que esse poder do Estado fez foi demarcar sesmarias, entregar glebas para senhores feudais, capitães, implantar pátios e colégios como este daqui de São Paulo, fortes como aquele lá de Itanhaém. Se o progresso não é partilhado por todo mundo, se o desenvolvimento não enriqueceu e não propiciou o acesso à qualidade de vida e ao bem-estar para todo mundo, então que progresso é esse? Parece que nós tínhamos muito mais progresso e muito mais desenvolvimento quando a gente podia beber na água de todos os rios daqui, que podíamos respirar todos os ares daqui e que, como diz o Caetano, alguém que estava lá na praia podia estender a mão e pegar um caju.

No norte do Japão há uma ilha que se chama Hokaido, lá vive o povo Ainu, há um porto nessa ilha que se chama Nibutani, é uma palavra que dá nome para esse lugar, assim como aquela montanha bonita lá em Tóquio, no Japão, o monte Fuji, também reporta a uma história muito antiga do povo Ainu, uma história muito bonita, de uma mãe que ficou sentada esperando o filho que foi para a guerra e que não retornava; passou o inverno, passaram as estações do ano e ela ficou cantando, esperando o filho voltar e o filho demorava demais, então ela chorava de saudade do filho; as lágrimas dela foram formando aquela montanha e o lago, e toda aquela paisagem linda é dessa mãe que ficou com saudade do filho que saiu para a guerra e não voltou, então ficou chorando por ele. Os Ainu estão lá em Hokaido há mais ou menos uns oitocentos anos, talvez mais um pouco, porque eles foram tendo que subir lá para cima, que é o lugar mais gelado, liberando aqueles territórios cá de baixo para a formação desses povos que vieram subindo. O Japão agora no final do século XX é uma das nações mais tecnológicas, digamos assim, do mundo, mas eles não puderam negar a existência dos Ainu, eles negaram isso até agora. Na década de 1970 alguns Ainu conseguiram chegar à comissão da ONU que trata desses assuntos e apresentaram uma questão para o governo do Japão: querem reconhecimento e respeito pela sua identidade e cultura. Isso depois de oitocentos anos. Nós, aqui, estamos há quinhentos anos lidando com esse eterno retorno do encontro que se deu em 1500. São quinhentos anos. Quinhentos anos não é nada.

Uma versão anterior deste texto fez parte da narrativa chamada "O eterno retorno do encontro", apresentada por Ailton Krenak no Ciclo de Conferências Brasil 500 Anos – Experiência e Destino, organizado pela Divisão de Estudos e Pesquisas da Funarte (Ministério da Cultura).

Itabirinha, MG

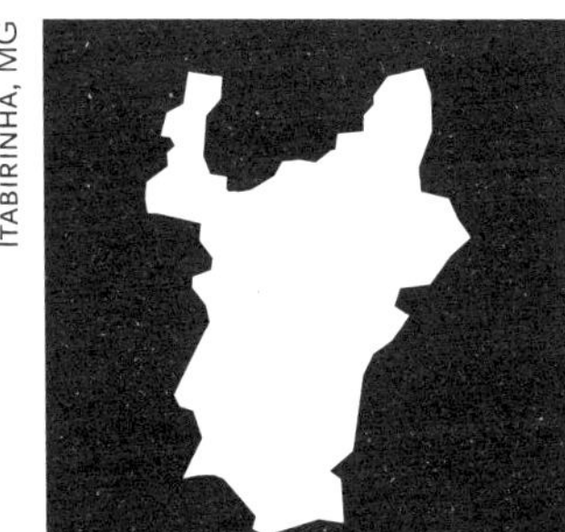

Ailton Krenak nasceu na região do Médio Rio Doce, Minas Gerais, e pertence à tribo krenak. É ambientalista, escritor e líder indígena. Autor do best-seller *Ideias para adiar o fim do mundo* (Cia. das Letras, 2019) e de *Ailton Krenak* (Azougue Editorial, 2015).

Esta obra foi composta em Arno Pro e UnB em papel pólen soft 80g/m² para a
Editora Reformatório em julho de 2021.